O ÚLTIMO VERÃO DE KLINGSOR

OBRAS DO AUTOR PUBLICADAS PELA EDITORA RECORD

Com a maturidade fica-se mais jovem
Demian
Felicidade
Francisco de Assis
O jogo das contas de vidro
O Lobo da Estepe
A magia de cada começo
Narciso e Goldmund
Sidarta
O último verão de Klingsor
A unidade por trás das contradições: religiões e mitos

HERMANN HESSE
O ÚLTIMO VERÃO DE KLINGSOR

TRADUÇÃO DE PINHEIRO DE LEMOS

6ª edição

EDITORA RECORD
RIO DE JANEIRO • SÃO PAULO
2024

CIP-BRASIL. CATALOGAÇÃO NA FONTE
SINDICATO NACIONAL DOS EDITORES DE LIVROS, RJ

H516u Hesse, Hermann, 1877-1962
6. ed.   O ultimo verão de Klingsor / Hermann Hesse ; tradução
Pinheiro de Lemos. - 6. ed. - Rio de Janeiro : Record, 2024.

Tradução de: Klingsors letzter sommer ; Klein und Wagner ; Kinderseele

ISBN 978-65-5587-419-8

1. Contos alemãs. I. Lemos, Pinheiro de. II. Título.

23-87553
CDD: 833
CDU: 82-34(430)

Meri Gleice Rodrigues de Souza - Bibliotecária - CRB-7/6439

TÍTULO EM ALEMÃO:
KLINGSORS LETZTER SOMMER, KLEIN UND WAGNER, KINDERSEELE

Copyright © 1925 by Hermann Hesse.

Todos os direitos reservados por Suhrkamp Verlag, Frankfurt am Main.

Texto revisado segundo o Acordo Ortográfico da Língua Portuguesa de 1990.

Todos os direitos reservados. Proibida a reprodução, no todo ou em parte, através de quaisquer meios. Os direitos morais do autor foram assegurados.

Direitos exclusivos de publicação em língua portuguesa somente para o Brasil adquiridos pela
EDITORA RECORD LTDA.
Rua Argentina, 171 – Rio de Janeiro, RJ – 20921-380 – Tel.: (21) 2585-2000, que se reserva a propriedade literária desta tradução.

Impresso no Brasil

ISBN 978-65-5587-419-8

Seja um leitor preferencial Record.
Cadastre-se no site www.record.com.br
e receba informações sobre nossos
lançamentos e nossas promoções.

Atendimento e venda direta ao leitor:
sac@record.com.br

EDITORA AFILIADA

Sumário

ALMA DE CRIANÇA   7

KLEIN E WAGNER   49

O ÚLTIMO VERÃO DE KLINGSOR   155

Alma de criança

Alma de errante

Agimos frequentemente, saindo e entrando, fazendo isto e aquilo, e tudo é fácil, leve e gratuito, como se pudesse visivelmente ser diferente. E com frequência, em outras horas, nada pode ser feito diversamente, nada é gratuito e fácil, e cada respiração nossa é determinada por alguma força e intensamente controlada pelo destino.

Os atos de nossa vida, que julgamos bons e dos quais falamos sem reservas, são quase todos daquela primeira categoria "fácil" e facilmente os esquecemos. Outros atos, dos quais temos dificuldade em falar, nunca mais os esquecemos; são de certo modo mais nossos do que os outros e projetam longas sombras sobre todos os dias de nossa via.

Entrava-se na casa paterna, que era grande e clara e ficava numa rua ensolarada, por uma porta alta e ficava-se imediatamente cercado de frieza, penumbra e o cheiro úmido da pedra. Um alto vestíbulo sombrio nos recebia silencioso e um chão de lajes vermelhas subia um pouco até a escada, que ficava mais ao fundo envolta em sombras. Milhares de vezes entrei por aquela alta porta e nunca prestei qualquer atenção à porta e ao vestíbulo, às lajes e à escada. Na verdade, tudo isso era apenas uma passagem para outro mundo, para "nosso" mundo. O vestíbulo cheirava a pedra, era de teto alto e sombrio e nos fundos a escada subia da escura frieza para a luz e para o claro conforto. Entretanto, o que se encontrava em primeiro lugar era sempre o vestíbulo e a pesada escuridão. Havia ali alguma coisa do Pai, um vislumbre de dignidade e poder, um resquício de castigo e sentimento de culpa. Mil vezes passei por ali, rindo. Em muitas ocasiões, porém, entrava e me sentia esmagado e triturado; a angústia me dominava e eu procurava apressadamente a escada libertadora.

Quando eu tinha onze anos, cheguei um dia em casa vindo da escola. Era um desses dias em que o destino ronda pelos cantos e qualquer coisa pode facilmente acontecer. Em dias assim, parece que todas as confusões e perturbações de nossa alma se refletem nas coisas que nos cercam e as desfiguram. O desconforto e a angústia nos invadem o coração e procuramos e encontramos as suas supostas causas fora de nós, vendo o mundo desajustado e completamente eriçado de obstáculos.

Assim foi naquele dia. Desde cedo, fui oprimido por um sentimento de culpa, embora nada de particularmente errado tivesse feito. De onde me vinha isso? Talvez dos meus sonhos durante a noite. Naquela manhã, o rosto de meu pai apresentava uma expressão de sofrimento e de censura. Com isso, o leite da primeira refeição me pareceu morno e sem sabor. Na escola, não tive certamente de enfrentar problemas, mas tudo aquilo me pareceu mais uma vez triste, inerte e desanimador. Tudo se combinava para infundir-me o tão conhecido sentimento de impotência e desespero que nos diz que o tempo é interminável e que ficaremos eternamente indefesos e pequenos, sob o domínio daquela escola horrível e infecta durante anos e anos e que toda esta vida é sem sentido e detestável.

Naquele dia, aborreci-me também com meu melhor amigo nessa época. Tinha feito amizade pouco antes com Oskar Weber, filho de um maquinista de locomotiva, sem saber ao certo o que nele me atraía. Ele havia recentemente se gabado de que o pai ganhava sete marcos por dia e eu tinha replicado ao acaso que meu pai ganhava quatorze. Ele se deixara impressionar por isso sem contestar e esse fora o início de nossa amizade. Alguns dias depois, fiz uma sociedade com Weber, dentro da qual juntaríamos as nossas economias para poder comprar uma pistola. A arma estava exposta na vitrine de uma loja de ferragens e parecia muito sólida com os seus dois canos de aço azulado. Weber me havia assegurado que, se durante algum tempo economizássemos corretamente, poderíamos comprá-la. O dinheiro sempre aparecia. Weber ganhava de vez em quando dez *pfennigs* para dar algum recado ou recebia uma gorjeta aqui e ali. Muitas vezes também achávamos dinheiro na rua ou coisas que valiam dinheiro, como ferraduras, pedaços de chumbo e outras coisas que se podiam vender. Ele tinha entrado imediatamente com uma moeda de dez *pfennigs* para nossa caixa e isso me convenceu, fazendo-me acreditar que nosso plano era viável e muito esperançoso.

Quando entrei naquela tarde no vestíbulo, o ar frio como de uma adega me trouxe lembranças sombrias de mil coisas e circunstâncias desagradáveis e odiosas, e meus pensamentos logo se voltaram para Oskar Weber. Sentia que não gostava dele, embora o seu rosto bem-humorado, que me lembrava o de uma lavadeira, me fosse simpático. O que me atraía nele não era sua pessoa, mas coisa muito diferente. Poderia dizer que era a classe a que ele pertencia — alguma coisa de que ele participava com quase todos os outros rapazes de sua espécie e origem: certa arte de viver audaciosa, um couro duro que protegia de perigos e humilhações, o conhecimento íntimo das pequenas e práticas necessidades da vida, do dinheiro, das lojas e oficinas, das mercadorias e dos preços, de cozinhas, lavanderias e coisas dessa espécie. Rapazes como Weber, que pareciam não sentir as pancadas recebidas na escola e que conviviam com criados, carreteiros e operárias de fábricas, tinham uma posição no mundo diferente da minha e mais segura. Eram como adultos, sabiam quanto os pais ganhavam por dia e estavam sem dúvida a par de muitas outras coisas, nas quais eu era inexperiente. Riam de expressões e piadas que eu não compreendia. Riam principalmente de uma maneira que eu não conseguia, de uma maneira suja e grosseira mas inegavelmente adulta e "viril". Pouco adiantava que eu fosse mais inteligente e na escola soubesse mais do que eles. Pouco adiantava que eu fosse mais bem-vestido, mais bem penteado e mais limpo. Ao contrário, até essas diferenças lhes eram favoráveis. No "mundo", como ele me aparecia à luz do crepúsculo e da aventura, rapazes como Weber apreciam entrar em dificuldade, ao passo que para mim esse "mundo" era bem fechado e eu teria de bater a cada uma de suas portas para conquistá-lo penosamente num trabalho que exigia que eu ficasse mais velho, frequentasse escolas, fizesse exames e me educasse interminavelmente. Era natural que esses rapazes encontrassem na rua ferraduras, dinheiro e pedaços de chumbo, que recebessem pagamento pelas coisas que faziam, que fossem presenteados de todas as maneiras nas lojas e que prosperassem em todas as suas atividades.

Eu sentia vagamente que minha ligação com Weber e com sua caixa não passava de um desejo desesperado por aquele "mundo". Não via em Weber nada que fosse digno de admiração a não ser o grande segredo em virtude do qual ele estava mais próximo dos adultos do que eu e vivia num mundo mais sem véus, mais nu e mais vigoroso do que eu com meus sonhos e desejos. E sentia de antemão que ele me decepcionaria e que eu não conseguiria arrancar-lhe o seu segredo e a sua chave mágica da vida.

Separara-se de mim pouco antes e eu sabia que ele ia naquele momento para casa, robusto e corpulento, assobiando e satisfeito, sem sombra de desejos ou pressentimentos. Quando ele encontrava as criadas e as moças de fábrica e lhes contemplava a vida enigmática, talvez maravilhosa, talvez condenável, não havia para ele nem enigma, nem segredo. Nada disso era para ele perigoso, rude ou excitante. Era tudo compreensível, conhecido e natural como a água para um pato. Eu, porém, sempre ficaria do lado de fora, sozinho e inseguro, cheio de suspeitas mas sem qualquer certeza.

De qualquer maneira, a vida naquele dia me parecia mais uma vez desesperadamente insípida. O dia tinha um jeito de segunda-feira, embora fosse sábado. O dia cheirava a segunda--feira, que era um dia três vezes mais comprido e três vezes mais vazio que os outros. A vida era maldita e odiosa, horrível e nauseante. Os adultos procediam como se o mundo fosse perfeito e eles fossem semideuses, ao passo que nós crianças, nada mais éramos senão lixo e refugo. E os professores...!

Sentia impulso e ambição dentro de mim e fazia esforços sinceros e apaixonados para o bem, quer aprendendo os verbos irregulares gregos, quer conservando limpas as minhas roupas, obedecendo aos mais velhos ou suportando heroicamente e em silêncio dores e humilhações... E sempre me lançava, ardente e piedoso, para dedicar-me a Deus e seguir o caminho ideal, puro e nobre que levava às alturas, praticar a virtude, suportar o mal com paciência e silêncio e ajudar os outros...

Infelizmente, tudo isso permanecia no esforço, na procura e num voo breve e vacilante. E sempre, ao fim de alguns dias, até de algumas horas, acontecia o que não devia acontecer, algo doloroso, perturbador ou vergonhoso. Sempre me sucedia por entre minhas mais firmes e mais nobres decisões e promessas. Caía de repente e inexoravelmente em pecado e maldade, em maus hábitos comuns. Por que era assim, por que eu sentia a beleza e a correção das boas intenções e as levava no coração, quando constantemente a vida toda (inclusive a dos adultos) tresandava a vulgaridade e era organizada de tal maneira que sempre permitia a vitória do que era baixo e comum? Como era possível que de manhã, de joelhos ao lado de minha cama, ou à noite, diante de velas acesas, eu me ligasse ao bem e à luz por um juramento sagrado, apelasse para Deus e declarasse guerra para sempre a qualquer depravação — e talvez, uma ou duas horas depois, fizesse a esse juramento sagrado e à minha resolução a mais dolorosa traição, quando mais não fosse participando do riso sedutor ou dando ouvidos a uma piada de algum garoto bronco da escola? Por que era assim? Acontecia o mesmo com os outros? Tinham sido os heróis, os romanos e os gregos, os cavaleiros, os primeiros cristãos, esses homens tão diferentes de mim, melhores, mais perfeitos, sem maus impulsos, dotados de um órgão que me faltava, o qual os impedia sempre de cair do céu no quotidiano, do sublime no insuficiente e no miserável? Era o pecado original desconhecido para aqueles heróis e aqueles santos? Eram a santidade e a nobreza possíveis apenas a alguns, poucos e escolhidos? Mas então por que eu, que não era um desses escolhidos, sentia inato em mim esse impulso para o que era belo e nobre, esse desejo violento e doloroso de pureza, bondade e virtude? Não era tudo isso uma zombaria? Podia haver no mundo de Deus uma criatura, um jovem cheio ao mesmo tempo de bons e maus impulsos e que com isso sofria e se desesperava, fazendo uma figura infeliz e cômica para divertimento do Deus que o observava? Ou não era — sim, não era o mundo inteiro uma pilhéria do diabo, que só merecia escarros? Nesse caso, não era Deus um monstro, um louco, um horroroso e repulsivo brincalhão? Infelizmente, enquanto eu pensava tais coisas com um ressaibo de volúpia rebelde, meu temeroso coração batia aceleradamente pelas blasfêmias!

Com que nitidez revejo agora, trinta anos depois, aquela escada, com as altas janelas cegas que davam para as paredes da casa vizinha e deixavam entrar tão pouca luz, os degraus e patamares de pinho brancos de tão lavados e o corrimão liso e de madeira sólida, bem polido pelas mil descidas que eu fazia montado nele! Tão distante está de mim a infância e tão incompreensível e fabulosa me parece em conjunto, que é incrível que ainda a recorde com todas as tristezas e dúvidas que me entremeavam a felicidade. Todos esses sentimentos se manifestavam no coração da criança da mesma forma em que permaneceram: dúvida do meu valor pessoal, indecisão entre a autoestima e o desânimo, entre um idealismo que desprezava o mundo e a mais baixa sensualidade. E como fazia naquele tempo, continuei posteriormente a julgar esses aspectos de minha natureza ora como uma terrível doença, ora como uma superioridade, pois acreditava às vezes que Deus me fazia seguir por esse doloroso caminho para assegurar-me especial isolamento e exploração profunda do meu ser. Mas, em outros momentos, tudo isso me parecia fraqueza abjeta de caráter, ou uma neurose como milhares de infelizes arrastam através da vida.

Se eu tivesse que reduzir todos os meus sentimentos e o doloroso conflito entre eles a um sentimento básico e designá-los por um nome único, não saberia de nenhum melhor do que angústia. Era angústia que eu sentia, angústia e incerteza em todas aquelas horas de atribulada infância — angústia em face do castigo, angústia diante da minha consciência, angústia em consequência dos impulsos de minha alma, que eu considerava proibidos e criminosos.

Naquela hora de que eu estava falando também, esse sentimento da angústia de novo me dominou, enquanto subia a escada cada vez mais clara e me aproximava da porta de vidro. Começou por uma opressão no abdome e subiu até a garganta, onde se transformou numa sensação de sufocação e de náusea. Ao mesmo tempo, sentia sempre nessas ocasiões e ainda agora uma penosa sensação de desconforto, uma desconfiança diante de todos os observadores, um impulso de ficar sozinho e esconder-me.

Com esse sentimento mau e execrável, que era verdadeiramente o sentimento de um criminoso, cheguei ao corredor e depois à sala de estar. Para mim, o diabo estava solto naquele dia e tudo poderia acontecer. Notei isso como o barômetro registra uma alteração de pressão do ar, com irremediável passividade. Ah, ali estava de novo o indizível! O demônio rondava pela casa, o pecado original me roía o coração e havia em cada canto um espírito, um pai, um juiz.

Até então, eu de nada sabia e tudo era ainda puro pressentimento, antecipação e lacerante inquietação. Em tais circunstâncias, o melhor que pode acontecer a alguém é cair doente e ir para a cama. Tudo então se passa sem perigo e a mãe ou a irmã aparece. Pode-se então tomar chá rodeado de amorosa solicitude e chorar ou dormir para depois acordar refeito e alegre num mundo tolerante transformado, redimido e claro.

Minha mãe não estava na sala de estar, e na cozinha só encontrei a empregada. Resolvi subir para o escritório do meu pai que ficava no alto de uma estreita escada. Embora eu também tivesse medo dele, era às vezes bom recorrer a ele quando havia tanta coisa de que pedir perdão. Era mais simples e mais fácil ter confiança na mãe. Com o pai, entretanto, a confiança que se ganhava tinha mais valor; significava paz com a consciência julgadora, reconciliação e nova aliança com as potências do bem. Depois de cenas, interrogatórios, confissões e punições desagradáveis, tinha eu muitas vezes saído da sala do pai punido e censurado sem dúvida, mas também bom e puro, cheio de novas resoluções, fortalecido graças à aliança com um poderoso contra o malévolo inimigo. Resolvi procurar o pai e dizer-lhe que não estava me sentindo bem.

Subi então a pequena escada que levava ao escritório. Essa pequena escada, com o seu cheiro próprio do papel de parede e o som seco dos degraus soltos de madeira, era um caminho muito mais importante que a do andar térreo, e uma porta do destino. Muitas ocasiões significativas me haviam levado por aqueles degraus. Cheio de angústia e de casos de consciência, tinha eu subido por ali, cheio de obstinação e de desvairada raiva, e não raro voltava de lá com a absolvição e uma segurança nova. Em nossa casa, no andar de baixo, mãe e filho sentiam-se à vontade e soprava um ar inofensivo. Ali em cima, residiam o poder e o espírito; eram ali o tribunal, o templo e o "Reino do Pai".

Um tanto inquieto, como sempre, baixei o velho ferrolho e entreabri a porta. O cheiro bem conhecido do escritório paterno veio ao meu encontro. Era um cheiro de livros e de tinta atenuado pelo ar azul das janelas meio abertas e das cortinas brancas e puras, por um cheiro leve de água-de-colônia, junto de uma maçã em cima da mesa. Mas a sala estava vazia.

Entrei com uma sensação mista de decepção e de alívio. Amorteci os passos e caminhei na ponta dos pés, como fazia muitas vezes quando meu pai dormia ou estava com dor de cabeça. Mal tive consciência desse passo leve, senti as batidas aceleradas do coração e a pressão angustiosa no abdome e na garganta me voltarem ainda com mais força. Continuei furtiva e aflitamente, dando um passo atrás do outro, e não era mais um inofensivo visitante e suplicante, mas um intruso. Eu já tinha entrado muitas vezes nos dois aposentos de meu pai secretamente e na ausência dele. Tinha escutado e explorado o reino secreto de meu pai e por duas vezes havia tirado alguma coisa de lá.

A recordação desses fatos me atingiu e dominou e eu soube imediatamente que a catástrofe estava presente, que alguma coisa ia acontecer e que o que eu ia fazer era proibido e errado. Não era possível fugir! Bem que pensei nisso e desejei fervorosa e intensamente correr, descer a escada e ir para meu quarto ou para o jardim, mas sabia que não iria, nem podia fazer isso. Desejava que meu pai estivesse no quarto vizinho e entrasse ali de repente e destroçasse o sombrio encantamento que me dominava e acorrentava. Quem me dera que ele aparecesse, ainda que zangado comigo. Antes que fosse tarde demais!

Tossi para dar a notícia de minha presença e, como não houve resposta, chamei em voz baixa: "Papai!" Tudo continuou em silêncio, os muitos livros nas estantes continuaram calados e uma banda da janela se moveu com o vento, lançando no chão um reflexo de luz. Ninguém me salvava e dentro de mim não havia qualquer liberdade, salvo a de fazer o que o demônio queria. Algo me apertava a barriga e me gelava as pontas dos dedos, enquanto o coração batia desesperadamente. Não sabia ainda absolutamente o que ia fazer. Sabia apenas que seria alguma coisa errada.

Aproximei-me da mesa, peguei um livro e li seu título em inglês, que eu não compreendia. Odiava o inglês. Meu pai sempre falava em inglês com minha mãe quando não queria que nós, crianças, entendêssemos ou quando estavam brigando. Havia uma taça cheia de uma porção de miudezas — palitos, penas de aço, alfinetes. Peguei duas penas de aço e guardei-as no bolso. Só Deus sabe por que fiz isso. Não precisava de penas e não sentia nenhuma falta delas. Só fazia isso para seguir o impulso que me arrastava, o impulso de errar, de proceder mal, de cobrir-me de culpa. Mexi nos papéis de meu pai e encontrei uma carta já começada na qual li as palavras: "Nós e as crianças vamos passando bem, graças a Deus" e as letras latinas de sua caligrafia me espiavam como se fossem olhos.

Entrei então leve e furtivamente no quarto. Ali estava a cama de campanha de meu pai, com os chinelos marrons embaixo e um lenço em cima da mesa de cabeceira. Respirei o ar impregnado de meu pai no quarto frio e claro e a imagem paterna se levantou nítida diante de meus olhos enquanto o respeito e a rebeldia lutavam dentro do meu sobrecarregado coração. Por um instante, tive raiva, ódio dele e me lembrei, com despeito e malícia, de como ele, de vez em quando, nos dias em que tinha dor de cabeça, ficava deitado muito quieto e estendido na sua cama de campanha baixa, muito comprido e esticado, com uma toalha úmida na testa, quase sempre suspirando. Desconfiava de que ele também, o poderoso, não tinha vida fácil, de que ele, o venerável, tinha também dúvidas sobre si mesmo e que a ansiedade não lhe era desconhecida. O ódio estranho logo se dissipou, cedendo o lugar à piedade e à emoção. Mas, nesse meio-tempo, eu abrira uma das gavetas da cômoda. Ali estavam guardadas as suas roupas brancas e um vidro de água-de-colônia de que ele gostava; quis cheirá-la mas o vidro ainda estava fechado e arrolhado e eu o deixei no lugar. Encontrei então uma caixinha redonda com pastilhas de alcaçuz e coloquei algumas na boca. Senti uma espécie de decepção e desencanto e, ao mesmo tempo, de contentamento por não ter achado nem levado nada mais.

Já estava de saída e pronto a renunciar, quando abri de brincadeira outra gaveta. Tinha um sentimento de desafogo a tal ponto que resolvi deixar no seu lugar as duas penas que havia apanhado. Talvez pudesse voltar atrás, me arrepender, e quem sabe assim esteja a salvo. Talvez a mão de Deus sobre mim fosse mais forte que qualquer tentação...

Lancei um olhar rápido para a gaveta entreaberta. Tomara que ali só houvesse meias, camisas ou jornais velhos! Mas a tentação se fez presente e dentro de segundos voltaram a tensão mal dissipada e o angustioso encantamento. As mãos me tremiam enquanto o coração me batia descompassadamente.

Estava vendo dentro de um cestinho, da Índia ou de outra origem exótica, uma coisa encantadora e irresistível, todo um círculo de figos secos, cobertos de açúcar branco!

Peguei então o cesto que estava admiravelmente pesado. Tirei dois ou três figos, levei um deles à boca e guardei o resto no bolso. Afinal, toda a minha aflição e toda a minha aventura não tinham sido em vão. Não podia mais sair dali redimido e tranquilizado, mas ao menos não sairia de mãos vazias. Tirei mais três ou quatro figos do cesto, que ficou mais leve, e mais alguns e, como meus bolsos já estavam cheios e o círculo estava reduzido a menos da metade, arrumei os figos restantes no círculo pegajoso de modo que as faltas parecessem menores. Tomado então de repentino terror, bati a gaveta e corri, atravessando os dois quartos, desci a escada e cheguei ao meu quarto, onde fiquei parado e apoiei-me na minha mesinha alta, sentindo os joelhos fracos e o peito opresso.

Quase no mesmo instante, o sino tocou chamando para a mesa. Com a cabeça vazia e invadido pelo aborrecimento e pelo desencanto, escondi os figos em minha estante por trás de alguns livros e fui para a mesa. Ao chegar à porta da sala de jantar, notei que estava com as mãos pegajosas e fui lavá-las na cozinha. Na sala de jantar, já encontrei todos à mesa, a esperar. Dei bom dia rapidamente, meu pai murmurou a oração de graças e eu me curvei para o meu prato de sopa. Não tinha fome e cada colher de sopa me custava. A meu lado, sentavam-se minhas irmãs, meus pais estavam defronte de mim. Tudo era claro, digno e correto. O único criminoso era eu, que me sentava ali entre eles, isolado e indigno, receando qualquer olhar carinhoso e com o gosto dos figos ainda na boca. Teria eu fechado direito a porta do quarto lá em cima? E a gaveta?

O sofrimento me atormentava. Teria deixado que me cortassem as mãos se pudesse recolocar de novo os figos na cômoda. Resolvi jogar os figos fora, levá-los para a escola e dá-los de presente aos colegas. Queria livrar-me deles e nunca mais vê-los!

— Você hoje não me parece bem — disse meu pai do outro lado da mesa.

Baixei os olhos para o meu prato e senti o olhar dele em meu rosto. Ele ia perceber tudo naquele momento. Percebia sempre tudo. Por que me atormentava de antemão? Seria melhor para mim que me levasse logo dali e me matasse de pancada.

— Está sentindo alguma coisa? — insistiu ele.

Menti, dizendo que estava com dor de cabeça.

— Por que não se deita um pouco depois do almoço? — disse ele. — Quantas horas de escola tem hoje à tarde?

— Só ginástica.

— Bem, a ginástica não pode lhe fazer mal. Mas coma alguma coisa, mesmo forçando um pouco. Isso vai passar.

Ergui os olhos. Minha mãe nada tinha dito, mas eu sabia que ela me observava. Tomei a sopa, comi quanto pude a carne e os legumes e bebi dois copos de água. Nada mais aconteceu. Deixaram-me em paz. Quando meu pai recitou as graças ao fim do almoço dizendo: "Nós Te agradecemos a bondade, Senhor, e esperamos que os teus dons durem eternamente", eu me senti nitidamente separado daquelas claras, santas e confiantes palavras, bem como de todos os que estavam sentados à mesa. Minhas mãos postas eram uma mentira e minha atitude piedosa uma blasfêmia!

Quando me levantei, minha mãe passou-me a mão pelos cabelos e descansou-a na testa para ver se eu estava com febre. Como tudo isso era doloroso!

Cheguei ao meu quarto e fiquei diante da estante. A manhã não me havia enganado e todos os sinais que tinha dado eram corretos. Tinha se tornado um dia infeliz, o pior que eu já havia passado. Mais do que aquilo ninguém podia suportar. Se alguém tivesse de sofrer alguma coisa pior, deveria então se matar. Seria melhor tomar veneno ou enforcar-se. Morrer seria muito melhor do que viver, tão falso e odioso era tudo. Fiquei ali pensando nessas coisas e estendi distraidamente a mão para os figos e comi mais alguns, sem saber ao certo o que estava fazendo.

Vi então o cofre de nossas economias que estava numa das prateleiras atrás dos livros. Era uma caixa de charutos que eu havia fechado firmemente com pregos. Tinha aberto com o canivete uma fenda malfeita para ali deixar cair as moedas. A fenda era imperfeita e cheia de lascas de madeira. Na verdade, eu nada sabia fazer bem. Tinha amigos que podiam fazer coisas assim com cuidado, paciência e perfeição, a tal ponto que o que saía das mãos deles parecia trabalho de marceneiro. Eu, porém, mal-amanhava tudo apressada e incorretamente. O que acontecia com meus trabalhos em madeira acontecia também com minha caligrafia e com os meus desenhos, com a minha coleção de borboletas e com tudo mais. Nada dava certo comigo. E agora estava ali depois de haver cometido um roubo e ainda pior do que os outros. Estava também com as penas ainda no bolso. Para quê? Por que as tinha apanhado, por que fora forçado a apanhá-las? Por que se tinha de fazer o que não se queria?

Na caixa de charutos, só se fazia ouvir o barulho de uma única moeda, os dez *pfennigs* de Oskar Weber. Até então, nada mais fora acrescentado. Aquela história da caixa de economias era também um dos meus empreendimentos típicos! Tudo dava em nada, tudo o que eu começava se perdia e parava no início. O diabo bem podia levar essa tolice de cofre de economias! Eu não queria saber mais dele.

O período entre o almoço e a ida a escola à tarde era em dias como aquele sempre insuportável e difícil. Nos bons dias, nos dias cheios de paz, de calma e de prazer, esse tempo era encantador e desejado. Eu lia uma história de índios no meu quarto, ou corria imediatamente para a escola logo depois da comida. Encontrava sempre ali alguns colegas empreendedores, e nós brincávamos, corríamos e gritávamos e aquecíamos o corpo até que o sino da escola nos chamava para uma "realidade" inteiramente esquecida.

Mas num dia como aquele eu não queria brincar com ninguém e não sabia como podia dominar o demônio que estava dentro do meu peito. Eu sabia o que ia acontecer — talvez não naquele dia, mas talvez da próxima vez, talvez muito em breve. Nessa ocasião, o meu destino explodiria inteiramente sobre mim. Faltava apenas uma insignificância, uma caprichosa insignificância, um pouco mais de angústia, paixão e falta de defesa para que tudo transbordasse e eu chegasse com terror ao fim. Um dia, num dia exatamente como aquele, eu mergulharia inteiramente no mal e faria então, em desafio e raiva e em vista da vida intolerável e sem sentido que levava, faria alguma coisa que seria decisiva e monstruosa, mas libertadora, pois poria termo para sempre à angústia e ao sofrimento.

Não tinha certeza do que seria. Mas, com frequência, me passavam pela cabeça fantasias e ideias que me envolviam confusamente e falavam de crimes com os quais eu me vingaria do mundo e, ao mesmo tempo, me sacrificaria e destruiria.

Pensava às vezes em tacar fogo em nossa casa. Chamas gigantescas bateriam as asas dentro da noite, casas e ruas cairiam nas garras do incêndio e toda a cidade arderia contra o fundo escuro do céu. Em outras ocasiões, o crime do meu sonho era uma vingança contra meu pai, um assassinato e uma sinistra carnificina.

Eu procederia, porém, como o criminoso, um verdadeiro criminoso, que eu vira uma vez ser levado pelas ruas de nossa cidade. Era um ladrão, que fora capturado e a quem estavam levando para o tribunal, algemado e com um chapéu-coco de banda na cabeça, com um guarda à frente e outro atrás dele. Aquele homem, que era levado através das ruas e de uma imensa multidão de curiosos, que gritavam contra ele mil pragas, pilhérias maldosas e votos carregados de ódio, nada tinha em comum com os pobres-diabos tímidos que de vez em quando eram levados pelos guardas. Não passavam de pobres trabalhadores que tinham sido surpreendidos quando pediam esmolas. Mas aquele homem não era um trabalhador e não parecia frívolo, tímido ou choroso, nem se refugiava num sorriso imbecil como eu também já havia visto. Não, tratava-se de um verdadeiro criminoso e levava o chapéu mais ou menos amassado numa cabeça erguida em desafio. Estava um pouco pálido e sorria com desdém, enquanto o povo que o insultava e cuspia se tornava uma turba. Nessa ocasião, eu tinha também gritado: "Já que ele foi preso, devia ser enforcado!" Mas depois vi o seu andar empertigado e altivo, levando à sua frente as mãos algemadas e mantendo na cabeça obstinada e má o chapéu-coco como uma coroa fantástica, vi como ele ria e calei-me. Como aquele criminoso, eu também havia de rir e manter a cabeça erguida quando me levassem para o tribunal e para o cadafalso e, quando a multidão que me cercasse viesse à frente a vociferar insultos, eu nada diria. Limitar-me-ia a ficar calado e desprezar a todos.

E se fosse executado e morresse, tendo de comparecer no céu perante o juiz eterno, de nenhum modo me curvaria e submeteria. Absolutamente, ainda que todos os coros dos anjos o cercassem e dele emanassem toda a santidade e a dignidade! Podia ele danar-me, podia deixar-me a ferver no pez! Eu não pediria desculpas, não me humilharia, não lhe pediria perdão e de nada me arrependeria! Quando ele me perguntasse: "Fizeste isto e aquilo?", eu lhe gritaria: "Sim, fiz isso e, ainda mais, estava certo em fazê-lo e, se pudesse, faria isso de novo e de novo. Matei, taquei fogo nas casas, porque isso me dava prazer e porque eu queria zombar de Ti e enraivecer-Te. Porque eu Te odeio e cuspo a Teus pés, Deus. Tu me atormentaste e magoaste, criaste leis que ninguém pode seguir, endureceste os adultos e amarguraste a vida de nós, que somos crianças."

Quando eu conseguia bem imaginar essas coisas e julgar que teria realmente oportunidade de assim agir e falar, sentia-me por um momento sombriamente bem. Mas imediatamente depois as dúvidas voltavam. Não fraquejaria, não me intimidaria, não cederia? Ou, se fizesse tudo isso, como era minha obstinada vontade, não encontraria Deus uma saída, uma superioridade, uma fraude, como os adultos e os poderosos sempre conseguiam, para no fim aparecer com mais um trunfo no último momento, para ainda me envergonhar, não me levar a sério e me humilhar sob a maldita máscara da bondade? Ah, naturalmente era assim que tudo acabaria.

Minhas fantasias fluíam e refluíam e faziam vencer ora a mim ora a Deus, elevavam-me à condição de um criminoso indomável, ou me reduziam de novo a uma criança e a um fraco.

Fui à janela e olhei para o quintalzinho da casa vizinha onde havia andaimes encostados ao muro e numa pequena horta dois canteiros se cobriam de verde. Ouvi de repente no silêncio da tarde o som claro do relógio invadir minhas visões com uma batida logo seguida de outra. Eram duas horas e voltei assustado das ânsias do sonho para as da realidade. A nossa hora de ginástica estava começando e, ainda que eu tivesse asas encantadas e corresse para o ginásio, chegaria atrasado! Novo azar! Haveria dois dias depois chamada, repreensão e castigo. Preferia não aparecer por lá, pois nada podia fazer para consertar as coisas. Talvez com uma desculpa, boa, fina e verossímil... mas naquele momento nada me ocorreu por mais brilhantemente que os professores me tivessem ensinado a mentir. Eu era no momento incapaz de mentir, de inventar, de arquitetar uma desculpa. O melhor era deixar a aula completamente de lado. Que importava diante do grande infortúnio outro menor?

Mas o relógio me havia despertado e paralisara as minhas fantasias. Senti-me de repente muito fraco. Para mim, era como se o quarto brilhasse com uma intensa realidade, tudo o que estava ali, a mesa, os quadros, a cama, a estante, tudo estava carregado de concretude, representava um chamado do mundo onde era preciso viver e que naquele dia tão hostil e perigoso se mostrara para mim. Não fora assim? Não havia perdido a hora da ginástica? E não havia roubado, lamentavelmente roubado, e não escondera os malditos figos na estante, até que os tivesse comido? Que me importavam no momento o criminoso, o bom Deus e o Juízo Final? Isso tudo chegaria no seu devido tempo, mas no momento ainda estava muito longe e não era senão tolice ridícula, nada mais. Eu havia roubado e a qualquer instante o crime poderia ser descoberto. Talvez já o tivesse sido, talvez meu pai já tivesse aberto a gaveta e estivesse diante do meu crime, magoado e encolerizado, e pensando na melhor maneira pela qual poderia julgar-me. Ah, podia ser que já estivesse à minha procura e, se eu não fugisse imediatamente, veria já no momento seguinte diante de mim o seu rosto severo com os óculos. Ele devia saber sem qualquer dúvida que o ladrão era eu. Não havia em nossa casa nenhum criminoso a não ser eu. Minhas irmãs nunca faziam nada do tipo, só Deus sabe por quê. Mas também para que meu pai escondera aqueles figos em sua cômoda?

Eu já havia deixado o quarto, passara pela porta dos fundos e chegara ao jardim. Os jardins e os prados estavam cobertos de sol e as borboletas amarelas voavam sobre o caminho. Tudo parecia pior e mais ameaçador do que pela manhã. Conhecia bem aquela sensação e, contudo, parecia que nunca a experimentara tão dolorosamente. Era como se tudo olhasse para mim de forma natural e de consciência tranquila, a cidade e a torre da igreja, os prados e o caminho, as flores campestres e as borboletas, tudo o que era belo e amável, tudo o que sempre me dera alegria, se tivesse tornado estranho e sob mau agouro. Eu conhecia isso muito bem, sabia o que era que se sentia ao atravessar uma região familiar com a consciência atormentada! Naquele momento, a mais rara das borboletas podia esvoaçar pelo prado e pousar aos meus pés — isso nada seria para mim, não me alegraria, não me interessaria, não me confortaria! Podia a mais viçosa cerejeira oferecer-me o seu galho mais carregado que isso não teria valor, nem seria uma alegria para mim. Agora só interessava fugir do pai, do castigo, de mim mesmo, de minha consciência, fugir e ficar inquieto até que acontecesse, inexorável e irremediavelmente, tudo o que devia acontecer.

Corri sem parar, subi em direção à floresta e desci de Eichenberg para o moinho, atravessei a ponte e tornei a subir do outro lado e atravessei a floresta. Ali tínhamos tido o nosso último acampamento de índios. Ali, no ano anterior, quando o pai estava em viagem, minha mãe festejara a Páscoa conosco e escondera ovos para nós na floresta e entre o musgo. Ali, durante as férias, eu construíra um castelo com meus primos e ele ainda estava parcialmente de pé. Por toda parte, havia restos de outros tempos, por toda parte espelhos de onde um outro eu me olhava bem diferente do meu eu atual. Tinha eu sido aquilo tudo? Tão alegre, tão contente, tão agradecido, tão amistoso, tão afetuoso com a mãe, tão despido de angústia, tão incompreensivelmente feliz? Tinha sido eu? E como poderia ter-me tornado o que era no momento, tão completamente diferente, tão perverso, tão cheio de angústia, tão destruído? Tudo continuava como sempre, a floresta e o rio, os fetos e as flores, o castelo e o formigueiro, mas estava tudo envenenado e despedaçado. Não havia então um caminho de volta para onde ficavam a felicidade e a inocência? Não poderiam as coisas voltar a ser o que eram? Voltaria eu algum dia a rir, a brincar com minhas irmãs e a procurar ovos de Páscoa?

Eu corria sem parar, o suor me cobria a testa, mas minha culpa corria atrás de mim e, com ela, crescia grande, monstruosa, a sombra de meu pai que me perseguia.

Corriam por mim as sebes, e as orlas da floresta desciam. Parei num ponto alto afastado do caminho e joguei-me na relva, com o coração a bater apressadamente, o que poderia ser consequência da minha carreira ladeira acima e talvez ficasse melhor se eu descansasse um pouco. Via lá embaixo a cidade e o rio, via o ginásio onde a aula tinha acabado e os rapazes se dispersavam em todas as direções, via o comprido telhado da casa do meu pai. Ali estava o quarto do meu pai e a gaveta onde faltavam os figos. Ali estava meu quarto. Ali estaria, quando eu voltasse, o tribunal que me iria condenar. E se eu não voltasse?

Sabia que teria de voltar. Sempre voltava, todas as vezes. O fim era sempre esse. Eu não poderia afastar-me dali, não poderia fugir para a África ou para Berlim. Eu era pequeno, não tinha dinheiro e ninguém me ajudaria. Ah, se todas as crianças se unissem e ajudassem umas às outras! Eram muitas, havia mais crianças do que adultos. Mas nem todos os meninos eram ladrões e criminosos. Poucos eram como eu. Talvez eu fosse o único. Mas não, eu sabia que eram comuns fatos semelhantes aos que ocorriam comigo... Um tio meu tinha roubado também quando criança e fizera outras coisas erradas, de que eu tinha tomado conhecimento por ter ouvido uma conversa de meus pais secretamente, pois tinha de ouvir furtivamente tudo o que valia a pena saber. Entretanto, isso de nada me valia, e, se até o tal tio estivesse presente, não me ajudaria também! Crescera e já era adulto, era pastor e ficaria do lado dos adultos, me abandonando. Todos eram assim. Contra nós, crianças, eram todos falsos e mentirosos, representavam um papel e se faziam parecer diferentes do que eram. Só minha mãe talvez não fosse assim ou era um pouco menos.

E se eu não voltasse mesmo para casa? Alguma coisa podia me acontecer. Eu poderia quebrar o pescoço, afogar-me ou ser apanhado por um trem. Tudo então seria diferente. Eu seria carregado para casa e todos ficariam atônitos, aflitos e chorosos, e ninguém falaria mais nos figos.

Eu sabia muito bem que era possível uma pessoa acabar com a própria vida. Pensava também que era bem provável que eu um dia fizesse isso, mais tarde, quando as coisas se tornassem realmente más. Seria bom cair doente, mas não com uma simples tosse e, sim, com uma doença mortífera de verdade, como na ocasião em que eu tivera escarlatina.

Enquanto isso, a hora da ginástica acabara havia muito e já se passara também o tempo em que eu era esperado em casa para o café. Talvez já me estivessem a chamar e a procurar em meu quarto, no jardim, no pátio, no sótão. Mas se meu pai já tivesse descoberto o roubo, eu não seria procurado, pois ele já saberia por quê.

Não me era possível continuar ali. O destino não me havia esquecido; estava bem atrás de mim. Continuei a minha carreira. Passei por um banco ao lado do caminho e havia também ligada a ele uma recordação que tinha sido bela e amável, mas naquele momento queimava como fogo. Meu pai tinha-me dado de presente um canivete. Estávamos passeando juntos bem cedo e em boa paz, e ele se sentara naquele banco, enquanto eu entrava no mato para cortar uma comprida vara de aveleira. Mas, na minha precipitação, quebrei a lâmina do canivete novo perto do cabo e voltei horrorizado, disposto a esconder o fato, mas fui interrogado por ele. Eu me sentia muito infeliz, não por haver quebrado o canivete, mas porque esperava palavras de censura. Entretanto, meu pai limitou-se a rir, a bater-me de leve nos ombros e a dizer: "Que pena!" Como eu o havia amado naquele momento, como lhe havia intimamente pedido perdão por muitas coisas! E então, quando pensava na fisionomia de meu pai naquele tempo, na sua voz, na sua compreensão para comigo, via que eu era um monstro por haver tantas vezes aborrecido um pai assim, a quem mentira e ainda naquele dia roubara!

Quando voltei para a cidade, passando pela ponte de cima, bem longe de nossa casa, a noite começava a cair. De uma loja, por trás de cuja porta de vidro as luzes já estavam acesas, saiu correndo um rapaz que de repente parou e me chamou pelo nome. Era Oskar Weber. Ninguém me poderia ser mais inconveniente. Apesar disso, soube por ele que o professor nem tinha dado pela minha ausência na aula de ginástica. Por onde tinha andado?

— Em algum lugar — disse eu. — Não estava me sentindo bem.

Fiquei calado, nada amistoso e, ao fim de algum tempo, que eu achei insuportavelmente longo, ele compreendeu que a sua presença me era inconfortável. Aborreceu-se então.

— Deixe-me em paz — disse eu friamente. — Posso muito bem ir para casa sozinho.

— É mesmo? — replicou ele. — Gosto de andar sozinho tanto quanto você, meu caro senhor! E não sou seu cachorrinho, fique sabendo! Mas antes de qualquer coisa quero saber como vai nosso cofre. Entrei com uma moeda de dez *pfennigs* e você ainda não entrou com nada!

— Posso devolver-lhe os seus dez *pfennigs* ainda hoje, se está preocupado. Prefiro não ver mais você. Como se eu lhe fosse tirar alguma coisa.

— Mas tirou com muito prazer ainda há pouco — disse ele ironicamente, mas deixando uma porta aberta para a reconciliação.

Eu estava irritado e zangado. Toda a ânsia e toda a confusão que em mim se haviam acumulado explodiram em pura raiva.

Weber não tinha de que se queixar de mim! Diante dele eu estava com a razão, diante dele tinha a consciência tranquila. Eu precisava de alguém diante de quem pudesse sentir-me orgulhoso e cheio de razão. Tudo o que havia em mim de desordenado e sombrio jorrou violentamente por essa válvula de escape. Fiz o que em geral evitava fazer, dizendo que era de boa família e que não seria sacrifício para mim cortar relações de amizade com um garoto da rua. Disse-lhe que ele não podia mais comer frutas em nosso jardim e servir-se dos meus brinquedos. Sentia-me enfurecer e reviver: tinha um inimigo, um opositor, sobre quem podia lançar a culpa e com quem podia chegar às vias de fato. Todos os impulsos vitais se juntaram naquela fúria libertadora, bem-vinda e redentora, na sorridente alegria de ter um inimigo que dessa vez não estava dentro de mim, mas à minha frente a olhar-me com olhos a princípio alarmados e depois furiosos, cuja voz eu ouvia, cujas censuras eu desprezava, cujas palavras maldosas eu podia superar.

Lado a lado, empenhados em crescente altercação, descemos a rua escura; aqui e ali, alguém nos olhava da porta de uma casa. E tudo o que eu sentia em mim mesmo de raiva e de desprezo foi por mim lançado contra o pobre Weber. Quando ele começou a ameaçar denunciar a minha ausência daquele dia ao professor de ginástica, fiquei exultante; ele perdia a razão, mostrava-se mesquinho e me dava forças.

Quando nos engalfinhamos nas proximidades da rua Metzer, algumas pessoas pararam e começaram a ver a briga. Dávamos socos um no outro no rosto e no estômago e nos dávamos também pontapés. Naquele momento, eu esquecera tudo. Estava com a razão, deixara de ser criminoso. A embriaguez da luta me dominou e, embora Weber fosse mais forte, eu era mais ágil, mais inteligente, mais rápido e mais furioso. Ficamos mais exaltados e lutávamos febrilmente. Quando ele me agarrou desesperadamente e rasgou a gola de minha camisa, senti com prazer o fluxo de ar frio correr pela minha pele ardente.

E enquanto dávamos socos, nos rasgávamos e dávamos pontapés, nos agarrávamos e sufocávamos, não parávamos um só momento de nos hostilizar com palavras, de nos insultar e arrasar. E as palavras eram cada vez mais quentes, impetuosas e maliciosas, mas inventivas e fantásticas. E também nisso eu levava vantagem, pois era mais ferino, mais inventivo e mais rebuscado. Se ele me chamava de "cachorro", eu o chamava de "sabujo". Se ele gritava "patife", eu gritava "Satanás". Estávamos sangrando sem sentir coisa alguma e, ao mesmo tempo, nossas pragas e insultos aumentavam. Desejávamo-nos mutuamente a forca e desejávamos ter na mão canivetes para cravá-los entre as costelas um do outro e com isso desmoralizávamos o nome, os ancestrais e o pai um do outro.

Foi a primeira e única vez que me empenhei numa luta assim até o fim, em pleno calor de batalha, com todos os golpes, todas as crueldades, todos os insultos. Tinha assistido muitas vezes a brigas como aquela e ouvira com sinistra satisfação as pragas e os insultos vulgares. Naquele momento, era eu quem proferia aquelas palavras como se desde pequeno estivesse habituado a elas e soubesse usá-las. Lágrimas me corriam dos olhos e sangue da boca. Mas o mundo era notável e tinha um sentido; era bom viver, era bom bater, era bom sangrar, era bom tirar sangue dos outros.

Nunca a memória me permitiu saber como aquela briga acabou. Em dado momento, tudo acabou; em dado momento, vi-me sozinho dentro da escuridão silenciosa, reconheci esquinas e casas e vi que estava perto de nossa casa. A exaltação diminuiu lentamente, cessaram devagar o tatalar de asas e trovões, e a realidade penetrou pouco a pouco pelos meus sentidos, em primeiro lugar pelos olhos. Ali estava a fonte. A ponte. Sangue em minha mão, roupas rasgadas, meias caídas, uma dor num joelho, um dos olhos dolorido, a cabeça sem o boné que eu não sabia onde tinha ido parar — tudo isso apareceu aos poucos, tornou-se realidade e foi conscientizado. De repente, senti-me extremamente cansado, com os joelhos e os braços trêmulos, e me apoiei na parede de uma casa.

E aqui estava a nossa casa. Louvado seja Deus! Eu nada mais sabia do mundo, senão que ali estavam refúgio, paz, luz e segurança. Empurrei a alta porta com um suspiro de alívio.

Ali, com o cheiro da pedra e a úmida frialdade, assaltaram-me de repente lembranças centuplicadas. Ó Deus! Aquele era o cheiro da severidade, da justiça, da responsabilidade, do pai e de Deus. Eu havia roubado. Não era um herói ferido de volta da batalha. Não era um pobre garoto que volta para casa e é levado com calor e compaixão para a cama pela mãe. Eu era um ladrão, um criminoso. Lá em cima, não havia para mim refúgio, cama e sono, comida e carinho, conforto e esquecimento. Esperavam-me a culpa e o julgamento.

Naquela hora, no sombrio vestíbulo noturno e na escada, cujos muitos degraus eu subia com dificuldade, creio que respirei pela primeira vez na vida, durante alguns momentos, o ar frio do vácuo, da solidão e do destino. Não via solução alguma, não tinha planos de qualquer espécie e não sentia também inquietação alguma. Apenas aquela sensação fria e austera. "Tem de ser." Cheguei ao alto, amparado no corrimão.

Diante da porta de vidro, tive vontade de ainda me sentar um momento nos degraus, para respirar um pouco e acalmar-me. Mas não fiz isso, pois não adiantava. Tinha de entrar. Quando abri a porta, ocorreu-me que já era bem tarde.

Entrei na sala de jantar. Estavam sentados à mesa e já tinham acabado de comer; ainda havia um prato de maçãs em cima da mesa. Eram quase oito horas. Nunca eu havia chegado a casa tão tarde sem autorização e nunca tinha estado ausente da mesa do jantar.

— Graças a Deus, você chegou! — exclamou minha mãe, emocionada.

Percebi que ela tinha estado aflita por minha causa. Levantou-se e correu ao meu encontro, mas de repente parou assustada ao ver meu rosto e as roupas sujas e dilaceradas. Eu nada disse e não olhei para ninguém, mas notei que meu pai e minha mãe se entenderam com olhares. Meu pai dominou-se e continuou calado, mas eu sentia como ele estava zangado. Minha mãe me levou para lavar as mãos e o rosto e fez curativos nos lugares feridos. Depois, sentei-me para jantar. Vi-me cercado de compaixão e de cuidados. Fiquei calado e senti-me profundamente envergonhado. Experimentava aquela solicitude e a apreciava com a consciência intranquila. Fui mandado depois para a cama. Apertei a mão de meu pai sem olhar para ele.

Quando eu já estava na cama, minha mãe entrou no quarto. Pegou as roupas que eu deixara na cadeira e colocou no seu lugar roupas limpas pois o dia seguinte era domingo. Começou então a me fazer perguntas cuidadosamente e eu tive de falar de minha briga. Ela achou o fato desagradável mas não me repreendeu e me pareceu um pouco surpresa de que eu estivesse tão abatido e esquivo por isso. Em seguida, saiu.

Pensei que estava convencida de que nada havia de mais. Eu me metera numa briga e fora gravemente espancado, mas tudo isso estaria esquecido no dia seguinte. Do resto, da coisa que realmente importava, ela nada sabia. Ela ficara aflita, mas se mostrava calma e afetuosa. Isso significava que meu pai provavelmente também de nada sabia.

Fui tomado então de uma terrível sensação de desapontamento. Compreendi que, desde o momento em que pusera os pés em casa, eu fora inteiramente dominado por um desejo único, intenso e ardente. Não havia pensado em outra coisa, nada mais desejara e por nada mais ansiara senão que a tempestade desabasse, a justiça me alcançasse, o temível se tornasse realidade e assim terminasse aquela pavorosa angústia. Eu estava preparado para tudo e poderia resistir a qualquer coisa. Poderia ser severamente castigado, espancado ou encarcerado. Poderia deixar-me morrer de fome! Queria que ele me amaldiçoasse e repudiasse, fizesse tudo contanto que aquela angústia e aquela tensão chegassem ao fim!

Em vez disso, estava eu no meu quarto, era alvo de amor e de carinho, era tratado amistosamente, sem ser chamado a prestar contas de meu procedimento e me via forçado a esperar e sofrer de novo. Tinham-me perdoado as roupas em frangalhos, a longa ausência de casa e o fato de eu ter perdido a hora do jantar, porque eu estava cansado e ensanguentado e porque tinham pena de mim, mas principalmente porque não suspeitavam da outra coisa e só sabiam do meu mau procedimento, não do meu crime. Tudo seria duplamente ruim para mim quando a coisa se desvendasse! Talvez me mandassem, como já uma vez haviam ameaçado, para um reformatório, onde se comia pão velho e duro e durante todo o tempo de folga se serrava madeira e se engraxavam sapatos, onde havia dormitórios com inspetores que batiam na gente com bengalas e acordavam todos às quatro horas da manhã com água fria. Ou quem sabe não me entregariam à polícia?

De qualquer maneira, acontecesse o que acontecesse, eu tinha um longo tempo de espera pela frente. Tinha ainda de suportar mais tempo a minha inquietação, de carregar por muito tempo o meu segredo, tremendo diante de cada olhar e de cada passo, e sem poder encarar ninguém de frente.

Ou seria possível que, ao fim de tudo, meu roubo tivesse passado despercebido? Tudo iria ficar como estava? Fora então inútil tudo o que sentira de aflição e de sofrimento? Ah, se isso acontecesse, se uma coisa tão incrível e maravilhosa assim fosse possível, eu começaria uma vida inteiramente nova, agradeceria a Deus e me mostraria digno disso, vivendo de hora em hora pura e irrepreensivelmente. O que eu tinha tentado tantas vezes e sempre sem resultado passaria a ser possível; minha resolução e minha vontade seriam suficientemente fortes depois daquele sofrimento, depois daquele inferno cheio de tormentos. Todo o meu ser se apoderou desses pensamentos carregados de afetividade e absorveu-os ardentemente. O conforto caía do céu; o futuro me parecia azul e cheio de sol. Adormeci com essas fantasias e dormi profundamente a noite inteira.

O dia seguinte era domingo e ainda na cama senti, como o sabor de um fruto, o gosto do domingo peculiar e admiravelmente misturado, mas em conjunto tão precioso, que eu conhecia desde que começara a frequentar a escola. A manhã do domingo era uma coisa muito boa: dormia-se um pouco mais, não era preciso ir à escola, havia a perspectiva de um bom almoço, não se sentia nem cheiro de professores ou de tinta e tinha-se à disposição uma porção de tempo livre. Isso era o principal. Havia outras coisas também: a ida à igreja ou à aula de catecismo, passeios com a família e o cuidado que era preciso ter com as boas roupas. Isso prejudicava e minava de algum modo o gosto e o aroma puros, bons e preciosos do domingo — como duas sobremesas comidas ao mesmo tempo, como um pudim e a sua calda que não combinam de todo, ou como às vezes bombons ou bolos que se compram em casas pequenas e apresentam um leve ressaibo fatal de queijo ou de querosene. É possível comer essas coisas e gostar delas, mas elas não são perfeitas nem brilhantes e deve-se fazer vista grossa. O domingo era em geral assim, principalmente quando eu tinha de ir à igreja ou à aula de catecismo, o que felizmente nem sempre acontecia. Com isso, o dia livre adquiria um ressaibo de dever e de tédio. Quanto aos passeios com toda a família, embora quase sempre fossem muito agradáveis, havia sempre alguma coisa desagradável, havia brigas com as irmãs, eu andava muito depressa ou muito devagar, manchava as roupas de resina. Havia sempre algum tropeço.

Ora, tudo podia acontecer. Para mim, tudo estava bem. Desde a véspera muito tempo havia passado. Eu não tinha esquecido o meu ato vergonhoso; fora a primeira coisa que me ocorrera naquela manhã, mas tudo já estava tão longe que os receios se haviam tornado remotos e irreais. Na véspera, eu tinha expiado a minha culpa, quando mais não fosse pelos tormentos da consciência, pois eu havia passado um dia horrível e cheio de torturas. Naquela manhã, eu estava mais inclinado à confiança e à inocência e bem pouco pensava ainda no assunto. Nem tudo estava inteiramente dissipado; havia ainda pouco de ameaças, de cuidado, como no belo domingo as dissonâncias de pequenos deveres e aborrecimentos ressoavam.

Na hora da primeira refeição, estávamos todos alegres. Deixaram-me escolher entre a igreja e a aula de catecismo. Como sempre, preferi a igreja. Pelo menos, ali se podia ficar em paz e deixar correr os pensamentos. Havia também o alto e solene espaço com as janelas coloridas belas e imponentes e, quando se corriam os olhos pela longa e sombria nave até o órgão, existiam muitas imagens admiráveis; os tubos do órgão que se elevavam das sombras pareciam às vezes uma resplandecente cidade de cem torres. Conseguia também muitas vezes, quando a igreja não estava cheia, entregar-me durante toda a hora sem que ninguém me incomodasse à leitura de um livro de histórias.

Naquele dia, não levei um livro, nem pensei em desaparecer pelo caminho, como também já tinha feito. Muito da noite anterior ainda ressoava em mim e eu estava decidido a ter um bom comportamento e a me acertar com Deus, meus pais e o mundo de forma condescendente. Até a minha raiva de Oskar Weber era coisa inteiramente passada. Caso ele me procurasse, eu o trataria da melhor maneira possível.

O serviço começou. Cantei os versos do coral com os outros. Era o hino *Pastor do Teu Rebanho* que nós já havíamos aprendido na escola. Notei mais uma vez como os versos de um hino eram diferentes quando cantados, especialmente no canto lento e arrastado da igreja, do que pareciam quando lidos ou recitados. Na leitura, cada verso era um conjunto, tinha sentido e consistia em frases. No canto, só havia palavras, as frases desapareciam e não existia mais sentido. Mas, com isso, ganhavam as palavras, as palavras isoladas e prolongadas, uma vida particularmente forte e independente. Muitas vezes se reduziam apenas a sílabas, em si mesmas sem sentido, mas que adquiriam no canto formas próprias e válidas. O verso "Hirte deiner Schafe, der von keinem Schlafe envas wissen mag" [Pastor do Teu rebanho que não queres saber de sono], por exemplo, não tinha naquele dia no canto da igreja nem conjunto, nem sentido e não se pensava nem em pastor, nem em rebanho, não se pensava em nada. Mas isso não era de modo algum enfadonho. Palavras isoladas, especialmente *Schla-afe*, se tornavam tão estranhamente cheias e belas que embalavam inteiramente e também *mag* soava misterioso e pesado, fazendo pensar em *magen* [estômago] e em coisas escuras, fortemente emocionais e pouco conhecidas que havia dentro do corpo. E a música do órgão!

Chegou então o pastor e o sermão, que era sempre tão incompreensivelmente longo, e o estranho estado de escuta em que durante muito tempo só ouvi a voz que faltava flutuar como um sino e depois compreendia algumas palavras nítida e distintamente e segui-as com dificuldade, tanto quanto pude. Gostaria de estar sentado no coro e não na galeria entre todos os homens. No coro, onde eu já havia estado por ocasião dos concertos da igreja, a gente se sentava em cadeiras isoladas, cada uma das quais era uma construção pequena e sólida. No alto, existia uma abóbada em forma de rede, estranhamente bela e complexa. No alto da parede, o *Sermão da Montanha* estava pintado em cores suaves e o manto azul e vermelho do Salvador sobre o fundo azul-claro do céu era de uma delicadeza que fazia bem olhar.

Muitas vezes o banco da igreja estalava e eu tinha por ele profunda aversão, pois era coberto de um estranho verniz amarelo que era pegajoso e sempre aderia um pouco à roupa. Às vezes, uma mosca zumbia numa das janelas em cuja ogiva estavam pintadas flores vermelhas e azuis e estrelas verdes. Então, o sermão chegava ao fim inesperadamente e eu esticava o pescoço para ver o pastor descer a estreita e escura escada do púlpito. Cantava-se de novo com alívio e muito alto e, depois, todos se levantavam e saíam rapidamente. Eu jogava a moeda de cinco *pfennigs* que tinha levado na caixa da coleta, e o seu barulho não se ajustava bem a toda aquela solenidade. Depois, deixava que a torrente de povo me arrastasse para fora e para o ar livre.

Vinha então a parte mais bela do domingo, as duas horas entre o culto e o almoço. Tinha cumprido o meu dever e estava ansioso, depois de passar tanto tempo sentado, por um pouco de movimento, por jogos ou passeios ou então por um livro. Ficava inteiramente livre até o meio-dia, quando sempre havia uma coisa boa para comer. O mundo estava em ordem e podia-se nele viver. Cheio de paz, atravessei o vestíbulo e subi as escadas.

O sol inundava meu quarto. Olhei minha caixa de lagartas, de que me havia descuidado no dia anterior, e achei alguns casulos novos. Reguei as plantas.

Nisso, a porta se abriu.

Não dei logo muita atenção ao fato. Mas, ao fim de algum tempo, o silêncio me pareceu estranho e eu me voltei. Era meu pai. Estava pálido e parecia aborrecido. O cumprimento que eu ia dar-lhe morreu na minha garganta. Eu vi que ele sabia! Estava ali. O julgamento ia começar. Nada se tornara bom, nada fora expiado, nada estava esquecido. O sol perdeu o brilho e a manhã de domingo murchou.

Caído violentamente do alto do céu, olhei para meu pai. Odiava-o. Por que não havia falado no dia anterior? Naquele momento, eu estava inteiramente despreparado, nada tinha planejado e estava desamparado até de arrependimento e sentimento de culpa. E para que precisava ter figos guardados na gaveta da cômoda?

Ele foi até a minha estante, meteu a mão por trás dos livros e apanhou alguns figos. Eram poucos os que restavam. Ele então me olhou com uma interrogação muda e dolorosa. Eu nada podia dizer. A tristeza e o desafio me fechavam a boca.

— Que quer dizer isso? — consegui afinal murmurar ao fim de algum tempo.

— Onde conseguiu estes figos? — perguntou ele na voz baixa e contida que eu tanto odiava.

Comecei imediatamente a falar. E a mentir. Disse que havia comprado os figos numa confeitaria, onde existia grandes quantidades deles. Onde arranjara o dinheiro? O dinheiro vinha de um cofre que eu mantinha em comum com um amigo. Era onde guardávamos todo o dinheiro que nos chegava às mãos aqui e ali. De resto... aqui estava o cofre. Mostrei a caixa de charutos com a abertura no alto. Só restava nele uma moeda de dez *pfennigs* até porque na véspera havíamos comprado os figos.

Meu pai me ouviu com um rosto impassível, que eu não podia interpretar.

— Quanto custaram os figos? — perguntou ele com voz calma.

— Um marco e sessenta.

— Onde foi que comprou?

— Numa confeitaria.

— Qual delas?

— A de Haager.

Houve uma pausa. Eu continuava com a caixa de charutos na mãos que tinham ficado frias. Tudo em torno de mim era frio e gelado.

Meu pai perguntou então com uma ameaça na voz:

— Está dizendo a verdade?

Tornei a falar rapidamente. Claro que estava dizendo a verdade. A compra fora feita por meu amigo Weber e eu apenas me limitava a segui-lo. O dinheiro era principalmente de Weber e eu contribuíra com muito pouco.

— Pegue seu boné — disse então meu pai. — Vamos juntos à confeitaria de Haager. Ele saberá se isso é verdade ou não.

Tentei rir. O frio já me chegava ao coração e ao estômago. Saí do quarto e peguei no corredor meu boné azul. O pai abriu a porta de vidro. Ele também havia pegado o chapéu.

— Um momento! — disse eu. — Tenho de ir lá dentro.

Ele concordou. Fui até o banheiro, fechei a porta e fiquei sozinho. Estava por um instante em segurança. Como seria bom que eu morresse naquele momento!

Demorei-me um minuto, demorei-me dois. Não adiantou nada. Não morri. Tinha de enfrentar tudo. Abri a porta e nós descemos a escada juntos.

Quando chegávamos à porta, ocorreu-me um bom pensamento e eu disse rapidamente:

— Mas hoje é domingo e Haager não abre a confeitaria!

Era uma esperança, mas só durou dois segundos. Meu pai disse com voz calma:

— Iremos então à casa dele. Vamos.

Fomos. Ajeitei o boné na cabeça, meti uma das mãos no bolso e procurei caminhar ao lado dele, como se nada de mais tivesse acontecido. Embora eu soubesse que todos me olhavam como

44

um criminoso apanhado, eu procurava por meio de mil artifícios dissimular o fato. Procurei respirar com facilidade e inocência. Ninguém precisava saber como eu sentia o peito confrangido. Empenhei-me em mostrar um rosto ingênuo e aparentar naturalidade e segurança. Levantei uma das meias sem que houvesse necessidade disso e ri, embora soubesse que esse riso parecia terrivelmente idiota e forçado. Dentro de mim, na garganta e nas entranhas, o diabo estava plantado e me sufocava.

Passamos pelo restaurante, pela ferraria, pelos carros de aluguel, pela ponte da estrada de ferro. Ali tinha eu na véspera brigado com Weber. Ainda doía o corte perto dos olhos? Meu Deus! Meu Deus!

Caminhava sem a menor vontade, e tinha de fazer esforços para manter o corpo ereto. Passamos pelo celeiro de Adler e chegamos à rua da Estação. Como aquelas ruas me haviam parecido na véspera amigas e inofensivas! Era preciso não pensar. Para a frente, para a frente!

Estávamos já bem perto da casa de Haager. Naqueles últimos minutos, eu imaginara cem vezes a cena que me esperava. Tinha chegado o momento. Era agora.

Mas era impossível suportar isso. Parei.

— Que é que há? — perguntou meu pai.

— Não vou entrar.

Ele me olhou. Tinha sabido de tudo desde o princípio. Por que eu representara aquilo tudo para ele e me esforçara tanto? Era inteiramente absurdo.

— Quer dizer então que não comprou os figos na confeitaria de Haager?

Abanei a cabeça.

— Muito bem — disse ele com aparente calma. — Neste caso, vamos voltar para casa.

Ele procedeu decentemente e me poupou no meio da rua e diante dos estranhos. Muita gente passava e a cada momento meu pai era cumprimentado. Quanto teatro! Que tolo tormento sem sentido! Não era possível agradecer-lhe por ter me poupado.

Ele sabia de tudo! E me deixara dançar, me deixara dar cabriolas inúteis, como se deixa dançar um rato preso na sua gaiola de arame antes de afogá-lo. Ah, se ele desde o começo, sem nada me perguntar nem apurar, me tivesse dado com a bengala na cabeça, teria achado isso preferível à calma e à retidão com que me enredara na minha tola teia de mentiras e demoradamente me sufocara. Principalmente, era melhor ter um pai grosseiro a ter um pai tão refinado e correto. Se um pai, como os que aparecem em histórias e compêndios, espancava terrivelmente os filhos, porque estava com raiva ou sob a ação da bebida, deixava de ter razão e, por mais que as pancadas doessem, era sempre possível encolher os ombros intimamente e desprezá-lo. Mas com meu pai isso não era possível. Ele era tão correto, tão irrepreensível e tinha sempre razão. Diante dele, sentia-me sempre pequeno e miserável.

Com os dentes cerrados, entrei à frente dele na casa e fui para meu quarto. Ele continuava calmo e frio ou fingia tudo isso porque na realidade estava tremendamente zangado, como eu claramente percebia. Começou ele então a falar de sua maneira habitual:

— Só gostaria de saber a finalidade de toda essa farsa. Você não pode me dizer? Soube desde o início que toda a sua bela história não passava de uma mentira. Por que então essa palhaçada toda? Você afinal não me julga a sério tão imbecil que fosse acreditar no que você dizia?

Cerrei ainda mais os dentes e tive um soluço. Por que era que ele não parava? Como se eu mesmo soubesse por que havia mentido! Como se eu soubesse por que motivo não tinha podido reconhecer logo meu crime e não pedira perdão! Como se eu soubesse por que havia roubado aqueles malditos figos! Tinha eu querido fazer o que fizera, tinha feito tudo com deliberação, conhecimento pleno e motivos? Não me arrependia do que tinha feito? Não sofria com o fato mais do que ele?

Ele esperava com um rosto nervoso, cheio de cansada paciência. Por um momento, no meu inconsciente, o caso se tornou perfeitamente claro, mas eu não o poderia traduzir em palavras, como posso hoje. Tinha sido assim: eu havia roubado porque, ao entrar no quarto de meu pai em busca de conforto, para minha decepção o encontrara vazio. Eu não tinha querido roubar. Desde que o pai não estava lá, quisera fazer apenas um pouco de espionagem, mexer em suas coisas, descobrir os seus segredos, saber alguma coisa sobre ele. Tinha sido isso. Ali estavam os figos e eu os roubei. Arrependera-me imediatamente e tinha passado todo o dia anterior em sofrimento e desespero, desejara a morte, havia-me condenado e tomara novas e boas resoluções. Mas naquele domingo... bem, naquele domingo tudo era diferente. Eu já tinha passado plenamente pelo arrependimento e tudo mais. Estava menos sentimental e sentia resistências obscuras, mas enormes, diante de meu pai e de tudo o que ele de mim esperava e desejava.

Se eu pudesse dizer-lhe, ele me compreenderia. Mas também as crianças, por mais superiores que sejam aos adultos em compreensão, se mostram sozinhas e desorientadas diante do destino.

Enrijecido por um sentimento de desafio e de obstinada angústia, fiquei ainda mais calado e deixei meu pai falar e vi com tristeza e com estranho e malicioso prazer como tudo se tornava cada vez pior e como ele sofria e estava decepcionado porque era em vão que apelava para o que existia de melhor em mim.

Quando ele me perguntou: "Roubou então os figos?", pude apenas fazer um sinal afirmativo. Não me foi possível fazer mais que um fraco sinal de assentimento quando ele quis saber se eu estava arrependido. Como podia um homem tão grande e tão inteligente fazer perguntas tão insensatas? Como se eu pudesse não estar arrependido de ter provocado tudo aquilo! Como se ele não fosse capaz de ver como todo o caso me aborrecia e confrangia o coração! Como se fosse possível àquela altura ter prazer com o meu ato e com os malditos figos!

Talvez pela primeira vez em minha curta vida, senti, quase até o limiar da compreensão e da consciência, como tão indizivelmente duas criaturas humanas bem-intencionadas uma com a outra podem desentender-se, atormentar-se e torturar-se reciprocamente e como então todas as conversas, toda a inteligência, toda a razão só servem para tornar mais violento o veneno e criar novos tormentos, novos sofrimentos e novos erros. Como era possível? Mas era possível e estava acontecendo naquele momento. Era absurdo, era insensato, era para rir e se desesperar, mas era assim.

Basta, porém, deste caso! O fim da coisa é que eu passei a tarde do domingo preso no sótão. Esse duro castigo perdeu parte dos seus terrores graças a circunstâncias que eram meu segredo. Naquele escuro sótão que ninguém usava, existia uma caixa coberta de pó e meio cheia de livros velhos, alguns dos quais não se destinavam absolutamente a crianças. A luz para poder ler, consegui deslocando uma telha do telhado.

À noite, naquele triste domingo, meu pai aproveitou a oportunidade, pouco antes de eu ir para a cama, para ter uma breve conversa comigo, o que nos reconciliou. Quando me deitei na cama, tinha a certeza de que ele me havia perdoado... muito mais do que eu a ele.

Klein e Wagner

Klein e Wagner

1

No trem expresso, depois das ações precipitadas e da animação da fuga e do cruzamento da fronteira, depois de um torvelinho de tensões e incidentes, de agitações e perigos, ainda profundamente admirado de que tudo tivesse corrido bem, Friedrich Klein sofreu completo colapso interior. O trem se movia com estranha impetuosidade — agora que não havia mais razão para pressa — rumo ao sul, levando os poucos passageiros velozmente por entre lagos, montanhas, cachoeiras e outras maravilhas da natureza, através de túneis entorpecentes e de pontes que se balançavam de leve. Tudo era estranho, belo e mais ou menos sem sentido, como imagens de livros escolares e cartões-postais, paisagens que a gente se lembrava de já ter visto mas que na realidade não interessavam. Estava assim numa terra estranha e ali permaneceria, pois a volta à pátria era impossível. A parte do dinheiro estava em ordem. Levava-o ali, em notas de mil, guardado no bolso de dentro do paletó.

O pensamento de que nada mais lhe poderia acontecer, de que ele estava do outro lado da fronteira e temporariamente livre de qualquer perseguição graças ao seu passaporte falso, devia ser tão agradável e tranquilizador que ele o suscitava repetidamente à tona da consciência a fim de se aquecer e se contentar. Mas esse belo pensamento era como um passarinho morto em cujas asas uma criança soprasse. Não tinha vida, não abria os olhos, pesava na mão como chumbo e não dava nem prazer, nem brilho, nem alegria. Era estranho como ele naqueles últimos dias notara tantas vezes isso. Não podia pensar no que ele queria, não tinha poder algum sobre os seus pensamentos, os quais corriam para onde bem queriam e de preferência se plantavam apesar de sua resistência em ideias que o faziam sofrer. Era como se seu cérebro fosse um calidoscópio, no qual a mudança das imagens fosse dirigida por uma mão estranha. Talvez isso fosse consequência apenas do seu longo período de insônia e agitação, pois havia muito tempo também estava nervoso. De qualquer maneira, isso era muito desagradável e, se ele não conseguisse dentro em pouco encontrar um pouco de descanso e de alegria, seria para se desesperar.

Friedrich Klein apalpou o revólver no bolso do sobretudo. Aquele revólver era uma das peças que pertenciam ao seu equipamento e ao papel e à máscara que havia assumido. Como era fundamentalmente aborrecido e odioso carregar tudo aquilo e até no seu sono vago e envenenado ter tudo junto a si, um crime, documentos falsos, dinheiro cosido secretamente nas roupas, o revólver, o nome falso. Tudo isso tinha o sabor de histórias de detetives, de romantismo barato e nada disso correspondia propriamente a Friedrich Klein, o bom sujeito. Tudo isso era aborrecido e odioso sem trazer nada do alívio e da liberação que ele havia esperado.

Deus do Céu, por que se havia ele metido em tudo aquilo, ele, um homem de quase quarenta anos, conhecido como um funcionário público bom, cumpridor dos seus deveres, um tranquilo e inofensivo cidadão, com tendências intelectuais, pai de filhos adoráveis? Por quê? Sentia que devia ter havido algum impulso que o dominara, uma força e uma pressão de intensidade suficiente para levar um homem como ele a tentar o impossível e, só quando ele soubesse e compreendesse a natureza dessa força e dessa obsessão, poderia pôr de novo um pouco de ordem em sua vida e conhecer algum alívio.

Aprumou o corpo com esforço, comprimiu as têmporas com os polegares e fez um esforço para pensar. Não deu muito resultado. A cabeça parecia de vidro e esvaziada pela agitação, pela fadiga e pela falta de sono. Mas, apesar de tudo isso, tinha de pensar. Tinha de procurar e de encontrar; precisava de novo saber que tinha um ponto central dentro de si mesmo e de conhecer e compreender a si mesmo. Do contrário, a vida não seria mais suportável.

Procurou com dificuldade juntar as recordações daquele dia. Era como se juntasse com uma pinça cacos de porcelana para reconstituir uma coisa quebrada. Havia apenas fragmentos sem relação uns com os outros, nem qualquer ligação de cor e de estrutura com o conjunto. Que espécie de recordações! Viu uma pequena caixa azul, da qual tirou com mãos trêmulas o selo oficial de seu chefe. Viu o velho da caixa que lhe descontara o cheque com notas castanhas e azuis. Viu uma cabine telefônica na qual, enquanto falava, tivera de apoiar a mão esquerda na parede para firmar-se. Mas na verdade não se via. Via um homem fazer tudo isso, mas era um homem estranho, que se chamava Klein, mas não era ele. Viu esse homem queimar e escrever cartas. Viu-o comer num restaurante. Viu-o — não, não era um estranho, era ele, era o próprio Friedrich Klein! — inclinar-se à noite sobre a cama de uma criança que dormia. Não, tinha sido ele mesmo! Como isso doía, ainda agora, na lembrança! Como doía ver as feições da criança que dormia e ouvir-lhe a respiração, sabendo que nunca mais veria aqueles lindos olhos abertos, nunca mais veria aquela boquinha rir e comer, nunca mais seria beijado por ela. Como isso doía! Por que esse homem chamado Klein infligia tais sofrimentos?

Desistiu de arrumar os pequenos cacos de porcelana. O trem parou diante de uma grande estação estrangeira. Portas foram batidas, malas passaram à frente das janelas do vagão. Cartazes azuis e amarelos anunciavam bem alto: Hotel Milano — Hotel Continental. Devia ele dar atenção a essas coisas? Eram importantes? Haveria algum perigo? Fechou os olhos e caiu por um minuto em torpor, abriu-os de novo esfregando-os e mostrando-se alerta. Onde estava ele? Ainda estava diante da estação. Espere... Como me chamo? Fez o teste pela milésima vez. Portanto... como é que me chamo? Klein. Nada disso, com os diabos, não! Fora com Klein. Klein não existe mais. Bateu no bolso de dentro onde levava o passaporte.

Como tudo isso era exaustivo! Especialmente quando se sabia como era alucinadamente cansativo ser criminoso... Apertou as mãos com a tensão que sentia. Hotel Milano, Hotel Continental, estação, carregadores, tudo isso podia ficar de lado... Havia uma coisa mais importante. Mas que era?

Meio adormecido, enquanto o trem recomeçava a viagem, voltou ele ao seu pensamento. O que era terrivelmente importante, o que estava em jogo era saber se a vida ainda seria suportável. Ou... não seria muito mais simples dar um fim a toda aquela extenuante insensatez? Não levava ele um pouco de veneno? O ópio? Ah, não, lembrava-se de que não tinha conseguido obter o veneno. Mas levava o revólver. Isso era bom. Muito bom. Ótimo.

Dissera "muito bom" e "ótimo" articulando as palavras em voz baixa e acrescentou outras palavras assim. De repente, ouviu a própria voz e assustou-se, viu seu rosto deformado na vidraça da janela, estranho, grotesco e triste. Meu Deus, exclamou ele consigo mesmo, meu Deus! Que devia fazer? Para que viver ainda? Podia bater com a testa naquela imagem deformada, atirar-se naquela vidraça miserável e suja, cortar o pescoço no vidro. Iria bater com a cabeça nos trilhos, seria rolado por todas as rodas pesadas e trovejantes dos outros vagões e intestinos, cérebro, ossos e coração, os olhos também... Seria esmagado ao longo dos trilhos, reduzido a nada, eliminado. Era a única coisa que se podia desejar, que ainda tinha sentido.

Enquanto ele olhava desesperado para a sua imagem no espelho, com o nariz encostado ao vidro, adormeceu de novo. Talvez segundos, talvez horas. De vez em quando balançava a cabeça, mas não abria os olhos.

Despertou de um sonho, cuja última parte lhe ficou na memória. Sonhou que estava sentado no banco da frente de um automóvel, que corria loucamente e sem destino através de uma cidade, subindo e descendo ladeiras. Ao lado dele, ia alguém que dirigia o carro. Deu ele então um soco na barriga da outra pessoa, tomou-lhe a direção das mãos e começou a dirigir numa carreira louca e apavorante por prados e vales, passando por perto de cavalos e vitrines de lojas, passando de raspão nas árvores de tal modo que faíscas lhe dançavam diante dos olhos.

Acordou desse sonho e sentiu a cabeça mais desanuviada. Riu das imagens do sonho. O soco na barriga tinha sido bom. Dava-lhe alegria. Começou então a reconstruir o sonho e a pensar nele. O carro tinha apitado ao passar pelas árvores. Teriam sido os apitos do trem? Mas dirigir o carro tinha sido, apesar de todos os perigos, um prazer, uma felicidade, uma libertação. Sim, era melhor dirigir por si mesmo e com isso ficar reduzido a cacos do que ser sempre conduzido e dirigido pelos outros.

Mas... em quem realmente tinha ele dado aquele soco no sonho? Quem era o motorista estranho que se sentara ao lado dele a dirigir o automóvel? Não conseguia se lembrar do rosto nem do vulto. Havia apenas a sensação de outra pessoa, uma vaga forma escura... Quem podia ter sido? Alguém a quem ele respeitava, a quem permitia que tivesse poder sobre sua vida, diante de quem se inclinava, mas a quem secretamente odiava, tanto que lhe acabara dando o soco na barriga. Seria seu pai? Ou um dos seus superiores? Ou... era afinal de contas...?

Klein abriu os olhos completamente. Tinha encontrado uma ponta da meada. Tudo voltou ao seu espírito. O sonho foi esquecido. Havia coisas mais importantes. Agora já sabia! Começava a saber, a conjeturar, a sentir por que estava naquele trem expresso, por que não se chamava mais Klein, por que roubara dinheiro e falsificara papéis. Finalmente, finalmente!

Sim, era isso. Não havia mais jeito de esconder isso de si mesmo. Tudo fora feito por causa de sua mulher, unicamente por causa de sua mulher. Como era bom afinal saber disso!

Do alto da torre desse conhecimento, julgava ele poder agora avistar largas extensões de sua vida que havia muito não pareciam senão trechos pequenos e sem valor, desligados uns dos outros. Olhava agora por uma extensa linha toda a sua vida conjugal e tudo lhe parecia uma rua longa, cansada e vazia, onde um homem sozinho se arrastava pelo pó com pesadas cargas. Longe dali, do outro lado do pó, ele sabia que tinham desaparecido as resplandecentes alturas e os deslumbrantes picos verdes da mocidade. Na verdade, tinha sido moço um dia e não um moço qualquer; sonhara grandes sonhos e tinha exigido muito da vida e de si mesmo. Mas desde então nada tinha havido além de pó e cargas, a longa estrada, o calor e as pernas cansadas embora houvesse ainda no murcho coração uma dormente e velha nostalgia. Essa tinha sido a sua vida. Essa tinha sido a sua vida.

Olhou pela vidraça e teve um sobressalto de espanto. Vistas diferentes passavam por diante dele. Viu de repente assombrado que já estava no sul. Aprumou o corpo, inclinou-se para a frente. Mais uma vez o véu caiu e o enigma de seu destino se tornou mais claro para ele. Estava no sul! Viu vinhedos em terraços verdes, muros castanho-dourados meio em ruínas, como em velhas gravuras, e árvores com flores rosadas! Uma pequena estação passou, com um nome italiano que terminava em *ogno* ou *ogna*.

Klein já podia então ler o cata-vento do seu destino. Afastava-se de sua vida conjugal, de seu emprego, de tudo o que até então tinha sido sua vida e seu lar, e ia para o sul. Só então compreendia por que, no calor e na precipitação da fuga, escolhera aquela cidade de nome italiano. Tinha encontrado o lugar numa lista de hotéis evidentemente ao acaso. Poderia ter dito do mesmo modo Amsterdã, Zurique ou Malmoe. Mas agora não se tratava mais de acaso. Estava no sul e havia atravessado os Alpes. E, assim fazendo, tinha realizado um dos mais inflamados sonhos de sua mocidade, aquela mocidade cujas lembranças tinham se apagado e perdido ao longo da comprida estrada vazia de uma vida sem sentido. Um poder desconhecido tinha arrumado as coisas de tal modo que os dois mais ardentes desejos de sua vida haviam se cumprido: seu anseio pelo sul, havia muito esquecido, e o desejo secreto e nunca muito claro de fuga e de libertação da servidão e de escapar da vida conjugal. A discussão com o seu superior, aquela oportunidade maravilhosa de pôr a mão no dinheiro — tudo isso que lhe tinha parecido tão importante estava agora reduzido à condição de incidentes sem expressão. Nada disso o tinha guiado. Os dois grandes desejos de sua vida que haviam triunfado, não sendo o resto mais que encaminhamento e instrumento.

Klein sentia-se espantado em face dessa visão nova das coisas. Era como se fosse um menino que tivesse brincado com fósforos e tivesse tacado fogo na casa. Agora, a casa estava em chamas. Meu Deus! Qual era o resultado disso para ele? Ainda que estivesse indo para a Sicília ou para Constantinopla, isso o faria vinte anos mais moço?

Enquanto isso, o trem corria, passando por aldeia atrás de aldeia de estranha beleza, como um belo livro ilustrado com todos os formosos aspectos que se esperavam do sul e que eram conhecidos dos cartões-postais: belas pontes em arco sobre os rios, rochedos pardos, muros de vinhedos cobertos de pequenos fetos, campanários altos e esguios, fachadas de igrejas vistosamente pintadas ou ocultas por átrios abobadados com leves arcos, casas pintadas de rosa com átrios de arcadas de grossos muros pintados com o mais frio azul, castanheiros gentis, aqui e ali ciprestes-da-itália, cabras-montesas e no gramado em frente a uma casa senhorial as primeiras palmeiras baixas e de tronco grosso. Tudo era notável e um pouco inverossímil, mas em conjunto era encantador e alguma coisa prometida como um consolo. Havia realmente aquele sul; não era fábula. As pontes e os ciprestes eram sonhos da mocidade realizados, as casas e as palmeiras diziam: não estás mais na vida antiga; alguma coisa puramente nova está começando. O ar e a luz do sol pareciam mais perfumados e mais fortes, a respiração era mais leve, a vida mais possível, o revólver mais dispensável, o aniquilamento sobre os trilhos menos urgente. Apesar de tudo, um esforço parecia possível. A vida poderia talvez ser suportada.

A exaustão voltou a dominá-lo. O tempo passou com mais facilidade e ele dormiu até a tarde quando o nome sonoro da pequena cidade do hotel o despertou. Saltou apressadamente do trem.

Um homem com o escudo do Hotel Milano no boné falou-lhe em alemão. Reservou um quarto e recebeu o endereço. Tonto de sono, saiu da estação envidraçada para a tarde suave.

"É mais ou menos assim que eu tinha imaginado Honolulu", pensou ele. Uma paisagem fantasticamente inquieta, já quase noturna, surgia diante dele, estranha e incompreensível. A montanha se escarpava à frente; embaixo se estendia compacta a cidade e ele olhou verticalmente para as praças iluminadas lá embaixo. De todos os lados, elevavam-se altos e pontudos montes em forma de pão de açúcar que rodeavam um lago em que o brilho das inúmeras luzes do cais se refletia distintamente. Um caminho de ferro aéreo descia como um cesto para o poço da cidade, parecendo ora coisa perigosa, ora um brinquedo. Em algumas das altas encostas, havia filas irregulares de janelas iluminadas até o cume, dispostas em degraus de escada e em constelações. Elevavam-se da cidade os telhados dos grandes hotéis e entre eles havia jardins escuros, enquanto um quente e estival vento noturno, cheio de pó e de aromas, dançava bem-humorado sob as luzes amarelas dos lampiões. Das confusas trevas em torno do lago subia o ritmo firme e alegre de uma banda.

Pouco lhe importava que aquilo fosse Honolulu, o México ou a Itália. Era uma terra estrangeira, um novo mundo e um novo ar. Ainda que tudo o confundisse um pouco e lhe causasse uma angústia secreta, era uma promessa de êxtase e de esquecimento, bem como de sentimentos novos e inexplorados.

Uma rua parecia levar ao campo livre e ele seguiu por ela, entre garagens e oficinas de caminhões vazias e, depois, entre pequenas casas suburbanas onde se ouviam altas vozes italianas e no pátio de uma taverna alguém tocava um bandolim. Na última casa, uma voz de moça estridulava, com uma doçura que ia diretamente ao coração. Pegou as palavras com alegria e pôde compreender o estribilho:

Mama non vuole, papa ne meno,
Come faremo a fare l'amore?

O som parecia vir dos sonhos de sua mocidade. Inconscientemente, continuou pela rua, encantado dentro da noite quente, ouvindo os grilos cantarem. Chegou diante de um vinhedo e parou, enfeitiçado. Um fogo de artifício, uma dança de diminutas luzes esverdeadas, enchia o ar e o alto mato cheiroso como milhares de estrelas cadentes a girar ébrias umas em torno das outras. Eram vaga-lumes que demorada e silenciosamente deslizavam através da noite quente e trêmula. O ar e a terra do verão pareciam exultar fantasticamente em figuras luminosas e em mil pequenas constelações a girar.

Durante muito tempo, o estrangeiro entregou-se ao encantamento e esqueceu a angustiante história de sua viagem e a angustiante história de sua vida diante daquele espetáculo estranho e belo. Havia ainda uma realidade? Havia ainda negócios e polícia? Havia ainda assessores e relatórios de mercado? Havia uma estação de estrada de ferro a dez minutos dali?

O fugitivo que de sua vida anterior tinha viajado para encontrar um conto de fadas voltou devagar para a cidade. Os lampiões brilhavam. Os homens lhe dirigiam palavras que ele não compreendia. Grandes árvores desconhecidas erguiam-se cheias de flores, uma igreja de pedra suspendia-se com o seu terraço sobre um precipício, ruas iluminadas interrompidas por degraus corriam como rios de montanha para a cidadezinha lá embaixo.

Klein encontrou o seu hotel e, ao entrar no vestíbulo e na escadaria banais, o seu entusiasmo desapareceu, ao mesmo tempo que voltavam a sua angustiosa timidez, a sua maldição e a sua marca de Caim. Passou inquietamente por entre os olhares penetrantes e inquisitivos do porteiro, dos garçons, do ascensorista e dos outros hóspedes e foi sentar-se no canto mais isolado do restaurante. Pediu o menu com voz fraca e leu-o prestando muita atenção aos preços cobrados pelos pratos como se ainda fosse pobre e tivesse de economizar, pediu alguma coisa barata e tentou animar-se artificialmente com meia garrafa de Bordeaux, que não lhe deu prazer, e afinal ficou muito satisfeito quando, ao fim de tudo, se viu por trás da porta fechada de seu quarto pequeno e modesto. Dormiu logo, profunda e avidamente, mas por duas ou três horas apenas. Acordou ainda no meio da noite.

Ao sair das profundezas do inconsciente, olhou para a escuridão hostil, sem saber onde estava, com o sentimento premente e culpado de haver esquecido e omitido alguma coisa importante. Tateando confusamente, procurou o interruptor e acendeu a luz. O pequeno quarto surgiu à luz lívida, estranho, desolado, incompreensível. Onde estava ele? As poltronas de veludo olhavam-no de má vontade. Tudo o olhava com frieza e em desafio. Chegou diante do espelho e leu no rosto o que havia esquecido. Ah, sim! ele sabia. Não tivera antes aqueles olhos, nem aquelas rugas, ou aquelas cores. Era um rosto novo e ele já uma vez notara isso no espelho de uma vidraça em algum momento na precipitação do drama daqueles dias alucinados. Não era seu rosto, o rosto bom, tranquilo e bastante paciente de Friedrich Klein. Era o rosto de um homem marcado, estigmatizado pelos sinais do destino, ao mesmo tempo mais velho e mais novo do que o anterior, como se fosse uma máscara e apesar disso maravilhosamente inflamado. Ninguém amava um rosto assim.

E ali estava ele no quarto de um hotel no sul com o seu rosto marcado. Em casa, dormiam os filhos que ele havia abandonado. Nunca mais os veria dormir, nunca mais os veria acordar, nunca mais lhes ouviria a voz. Nunca mais beberia a água daquele copo na mesa de cabeceira na qual, ao lado do abajur de pé, ficavam os jornais vespertinos e um livro, e na parede acima da cama os retratos de seus pais e tudo, tudo mais. Em vez disso, contemplava no espelho de um quarto estranho o rosto triste e angustiado do criminoso Klein, enquanto os móveis de veludo olhavam frios e rancorosos para ele e tudo era diferente, nada mais estava em ordem. Se seu pai ainda fosse vivo!

Nunca desde a sua mocidade Klein se vira tão direta e solitariamente abandonado aos seus sentimentos; nunca se vira assim em terra estranha tão despojado e tão diretamente exposto ao sol do destino. Vivera sempre ocupado com alguma coisa, fora de si mesmo, sempre tivera o que fazer e com que se preocupar, dinheiro, as promoções no serviço, a paz doméstica, histórias da escola e doenças das crianças. Havia sempre os importantes e sagrados deveres do cidadão, do esposo, do pai que o cercavam e lhe davam sombra e abrigo. Tinha-se sacrificado por eles e deles tinha tirado a justificativa e o sentido da vida. Agora, estava de repente suspenso no espaço nu e só, diante do sol e da lua, sentia o ar rarefeito e gelado.

E o mais espantoso de tudo é que nenhum terremoto o havia arrojado àquela posição terrível e perigosa. Nem Deus, nem o diabo, mas só ele, exclusivamente ele! O seu próprio ato o atirara ali, no meio daquela interminável estranheza! Tudo nascera e crescera dentro dele, o destino se desenvolvera dentro do seu coração, o crime e a revolta, o desrespeito das suas mais sagradas obrigações, o salto no vácuo, o ódio a sua mulher, a fuga, a solidão e talvez o suicídio. Outros podiam decerto ter vivido coisas terríveis e destrutivas, em consequência de incêndios ou de guerras, por meio de alguma catástrofe ou da má vontade dos outros... Ele, porém, Klein, o criminoso, não podia alegar nada de parecido, de nada fora de si mesmo podia falar, não podia responsabilizar coisa alguma, salvo, quando muito talvez, sua mulher! Sim, ela podia e devia ser citada e chamada à responsabilidade e era para ela que ele devia apontar se algum dia fosse chamado a prestar contas.

Uma grande raiva explodiu dentro dele e ele se lembrou de repente de alguma coisa mortífera e torturante, um emaranhamento de emoções e de fatos. Lembrou-se do sonho do automóvel e do murro que tinha dado na barriga da pessoa inimiga.

O que ele lembrava no momento era um sentimento ou uma fantasia, um estranho e doentio estado de espírito, uma tentação, uma ânsia demente ou que melhor nome se pudesse dar à coisa. Era a representação ou a visão de um temível assassinato que cometera, tirando a vida de sua mulher, de seus filhos e de si mesmo. Muitas vezes, recordava ele enquanto contemplava no espelho o seu rosto marcado e delirante de criminoso, muitas vezes se desesperara e tentara resistir a essa visão odiosa e demente, como então lhe parecera. Naquele tempo é que haviam começado os pensamentos, sonhos e tormentos que o haviam levado, segundo acreditava, ao desfalque e à fuga. Talvez — era bem possível isso — não tivesse sido a aversão cada vez maior a sua mulher e a sua vida conjugal que o fizera sair de casa, mas muito mais o medo de que ele um dia pudesse cometer aquele pavoroso crime e matá-los todos, massacrá-los e contemplá-los banhados no próprio sangue. E não era só isso: também essa ideia tinha antecedentes. Aparecia-lhe de quando em quando, a modo de uma leve vertigem, na qual se julga que é preciso ceder e deixar-se cair. Mas a imagem do ato assassino provinha de fonte inteiramente diversa. Era incrível que só então ele percebesse isso!

No tempo em que a alucinação da morte de sua família o atacara pela primeira vez e ele se sentira mortalmente apavorado com essa visão diabólica, tivera uma pequena recordação, quase irônica. Tratava-se do seguinte: anos antes, quando sua vida ainda era inofensiva e quase feliz, discutira ele com alguns colegas o pavoroso ato de um professor do sul da Alemanha, um tal W. (não se lembrava no momento do nome), que matara toda a família num ato terrivelmente sanguinário e depois se suicidara. Discutira-se então até que ponto um homem podia ser responsável por um ato assim e como se devia compreender e explicar tal explosão de sinistro horror humano. O assunto exasperara tremendamente Klein, que se opusera colericamente a um colega que tentara dar uma explicação psicológica do crime. Para ele, diante de um crime tão atroz não podia haver para um homem decente outra atitude que não fosse de indignação e repulsa. Uma ideia dessa ordem só podia ser gerada no cérebro de um demônio e para um criminoso dessa espécie nenhum castigo, nenhum tribunal, nenhuma tortura seriam suficientemente fortes. Lembrava-se perfeitamente da mesa a que estavam sentados e dos olhares espantados e um tanto críticos com que os colegas tinham-no encarado depois dessa explosão de cólera.

Quando ele se vira pela primeira vez envolvido pela odiosa fantasia do assassinato de sua família e recuara apavorado ante a ideia, imediatamente lhe viera à lembrança aquela conversa de anos antes sobre o trucidamento da família de W. E estranhamente, embora pudesse ter jurado que naquele tempo tinha dado expressão aos seus sentimentos mais sinceros, havia uma voz antipática que zombava dele e lhe dizia que já naquele tempo, anos antes, durante a discussão sobre o professor W., tinha ele intimamente compreendido o crime e, além disso, o aprovara. A irritação e a raiva que sentira provinham apenas do fato de que o filisteu e o hipócrita que havia nele não deixavam falar a voz do seu coração. Os terríveis castigos e as torturas que havia desejado para o assassino e as coléricas invectivas com que havia verberado o ato tinham se dirigido contra si mesmo, contra o germe do crime, que certamente já havia naquele tempo! A sua grande irritação em todo esse assunto tinha origem no fato de que na realidade ele se via como acusado do crime e tentava aliviar a sua consciência, amontoando sobre si todas as acusações e todas as pesadas sentenças. Era como se, com esse furor contra si mesmo, ele pudesse punir ou sufocar a tendência ao crime que sentia no coração.

Até aí chegou Klein com os seus pensamentos e sentiu que havia nisso alguma coisa importante que lhe envolvia a própria vida. Mas era indizivelmente exaustivo desemaranhar e dar ordem a esses pensamentos e recordações. Um trêmulo pressentimento de posteriores conhecimentos libertadores estava no fundo do cansaço e da resistência a toda aquela situação. Levantou-se, lavou o rosto e andou descalço para cima e para baixo até sentir frio e pensar que iria dormir.

Mas o sono não veio. Ficou na cama inexoravelmente entregue às suas ideias e aos seus horríveis, dolorosos e humilhantes sentimentos: ódio de sua mulher, pena de si mesmo, perplexidade, necessidade de explicações, de desculpas, de motivos de consolo. E como já não ocorriam quaisquer motivos de consolo e como o caminho para a compreensão tão profunda e inexoravelmente levava às espessuras mais secretas e perigosas de suas recordações e o sono não queria voltar, passou ele o resto da noite num estado de aflição tal como jamais conhecera com tanta intensidade. E desde que todos os sentimentos que nele lutavam se amalgamavam numa terrível, sufocante e mortífera angústia, sentia uma pressão de pesadelo sobre seu coração e seus pulmões, que se agravava de momento a momento até os limites do intolerável. Havia muito sabia ele o que era angústia, havia muitos anos e especialmente naquelas últimas semanas e dias! Mas nunca sentira aquela agonia a oprimir-lhe a garganta! Era forçado a pensar nas coisas mais insignificantes, uma chave perdida, as contas do hotel e com isso construir montanhas de preocupações e de problemas. A dúvida de que aquele modesto quarto de hotel pudesse custar por noite mais de três francos e meio e se, neste caso, ele devia ou não continuar no hotel lhe custou uma hora de falta de fôlego, suores frios e taquicardias. Sabia durante todo o tempo a completa inanidade desses pensamentos e tentou chamar-se à razão como se fosse uma criança contando nos dedos os motivos que mostravam como eram infundadas as suas preocupações... mas em vão, inteiramente em vão! Às vezes, surgia também alguma coisa como uma cruel zombaria por trás desses consolos e esforços, como se tudo fosse fingimento e teatro, como a sua atitude equívoca no caso do assassino W. Era evidente que a angústia mortal e a sinistra sensação de estrangulamento e condenação que experimentava não deviam originar-se de sua preocupação com alguns francos ou de outras causas semelhantes. Havia em tudo coisas piores e mais graves... mas quais? Deviam ser coisas que tivessem relação com o professor sanguinário, com os seus próprios desejos de assassinato e com tudo o que havia nele de mórbido e desordenado. Mas como poderia ele descobrir, como poderia chegar à base de tudo? Não havia nele um só lugar que não estivesse sangrando, que não fosse doente, pútrido e loucamente sensível à dor. Sabia que não podia mais suportar aquele estado. Se aquilo continuasse por muito tempo e principalmente se houvesse muitas noites como aquela, ficaria louco ou acabaria com a vida.

Cheio de tensão, sentou-se na cama com o corpo ereto e procurou esvaziar a sua situação de todo o sentimento a fim de resolver aquilo de uma vez por todas. Mas aconteceu o mesmo de sempre. Ali estava ele sozinho e indefeso, com a cabeça febril e o coração contraído, numa angústia mortal diante do destino como um pássaro fascinado por uma cobra e consumido pelo medo. O destino, sabia disso agora, não vinha de lugar algum; desenvolvia-se dentro dele mesmo. Se não encontrasse algum meio, aquilo acabaria com ele — teria de seguir passo a passo, acossado pela angústia, por aquela sinistra angústia, e iria perdendo passo a passo a razão até chegar à borda, da qual já se sentia próximo.

Se pudesse compreender, isso seria bom, seria talvez a salvação! Ainda estava longe de chegar ao fundo de sua situação e do que o havia levado a ela. Sentia muito bem que ainda estava no começo. Se ele pudesse tudo unir, acumular, coordenar e considerar, talvez achasse o fio da meada. Tudo então teria sentido e aspecto definido, tornando-se suportável. Mas esse esforço, esse último assomo de energia, estava além de suas forças e ele não podia de modo algum executá-lo. Quanto mais empenhadamente procurava pensar, pior era o resultado, e ele encontrava em si, em lugar de lembranças e explicações, espaços vazios. Nada lhe ocorria e, enquanto seguia de novo a dolorosa ansiedade, poderia facilmente ter esquecido o mais importante. Penetrava e pesquisava o seu íntimo como um viajante nervoso que procura em todos os bolsos e malas a passagem que talvez tenha colocado no chapéu ou leve na mão. Mas que é que lhe adiantava esse "talvez"?

Pouco antes, havia uma hora ou mais, não tivera ele conhecimento de alguma coisa, não fizera uma descoberta? Que fora mesmo? Não sabia mais, não podia encontrar a noção que se fora. Desesperado, bateu com os punhos na cabeça. Deus do Céu, fazei-me encontrar a chave! Não me deixeis tão derrotado, tão miserável, tão obtuso, tão triste! Despedaçado e desprendido como uma nuvem de tempestade, todo o seu passado desfilou diante dele em milhões de imagens que se misturavam e superpunham irreconhecíveis e irônicas, mas que lhe lembravam sempre alguma coisa. O quê?

De repente, surpreendeu nos lábios o nome "Wagner". Como que inconscientemente, murmurou: "Wagner... Wagner..." De onde vinha esse nome? De que poço dentro de si mesmo? Que queria ele? Quem era Wagner? Wagner?

Agarrou-se ao nome com unhas e dentes. Tinha uma tarefa, um problema, e isso era melhor do que estar em suspenso num mundo sem formas. Portanto, tinha de saber quem era Wagner. Que relação havia entre Wagner e ele? Por que murmuram meus lábios, esses lábios torcidos em meu rosto de criminoso, o nome de Wagner no meio da noite?

Procurou pensar metodicamente. Todas as coisas que se lhe atropelavam no espírito. Pensou em *Lohengrin* e então no relacionamento um tanto confuso que tinha com a música de Wagner. Aos vinte anos, amara com entusiasmo essa música. Mais tarde, começara a desconfiar e tivera uma porção de dúvidas e reservas sobre o caso. Tinha muitas vezes criticado Wagner e talvez essas críticas se dirigissem menos ao compositor Richard Wagner do que ao antigo entusiasmo que sentira pela sua música. Ah! Tinha-se ele surpreendido novamente? Havia ele descoberto mais uma vez uma fraude, uma pequena mentira, uma pequena sujeira? Sim, as coisas iam-se pouco a pouco esclarecendo. Na vida irrepreensível do funcionário e do homem casado, Friedrich Klein, nem tudo era tão irrepreensível assim, nem tão puro. Existia uma culpa enterrada em cada esquina! E, na verdade, o mesmo havia acontecido na vida de Wagner. O músico Richard Wagner era cruelmente julgado e odiado por Friedrich Klein. Por quê? Porque Friedrich Klein não podia perdoar-se o entusiasmo que sentira na juventude por Wagner. Perseguia ele em Wagner seu próprio entusiasmo juvenil, sua mocidade e seu amor. Por quê? Porque a mocidade, o entusiasmo e Wagner e tudo mais lhe recordavam dolorosamente que ele se deixara casar com uma mulher a quem não amava, ou a quem, pelo menos, não amava verdadeiramente ou o bastante. E, como ele procedera em relação a Wagner, o funcionário Klein tinha procedido em relação a todos e a tudo. Sim, Herr Klein era um homem honesto e por trás de sua honestidade não escondia senão abjeção e vergonha. Se ele queria mesmo ser honesto... quantos pensamentos secretos procurara ocultar de si mesmo? Quantos olhares para as mulheres bonitas na rua, quanta inveja dos casais amorosos que encontrava ao voltar da repartição para sua mulher em casa? E ainda havia as ideias de assassinato. E não tinha ele voltado contra aquele professor o ódio que devia sentir de si mesmo...

Teve então um sobressalto. Mais uma relação! O professor e assassino também se chamava Wagner! Ali estava, portanto, o núcleo de tudo. Era Wagner que se chamava aquele criminoso sinistro e demente que havia trucidado toda a sua família. Não se teria sua vida durante anos estreitamente relacionado com esse Wagner? Não o teria aquela sombra perversa perseguido por toda parte?

Agora, graças a Deus, reencontrara o fio da meada. Entretanto, outrora, em tempos passados e melhores, atacara violentamente aquele Wagner e o julgara merecedor dos piores castigos. Apesar disso, tempos depois, ele mesmo, sem mais pensar em Wagner, tivera a mesma ideia e se vira numa espécie de visão a tirar a vida da mulher e dos filhos.

E não era isso inteiramente compreensível? Não era perfeitamente correto? Não se podia facilmente chegar a um ponto em que a responsabilidade pela existência dos filhos se tornasse intolerável para um homem, tão intolerável quanto a sua própria natureza e existência que não se podia considerar senão como erro, como culpa e como sofrimento?

Com um suspiro, seguiu esse pensamento até o fim. Parecia-lhe agora inegável que já naquele tempo em que tivera conhecimento do morticínio efetuado por Wagner já o compreendera e aprovara no seu coração, isto é, aprovara como uma possibilidade. Já naquele tempo, quando ainda não se sentia infeliz nem julgava sua vida destroçada, já desde aqueles anos em que pensava que amava sua mulher e era amado por ela, ele no íntimo compreendera o professor Wagner e concordara com a sua cruel carnificina. O que naquele tempo dissera e opinara fora sempre o sentido dado ao fato pela inteligência e não pelo coração. O coração — aquela raiz no fundo de seu ser de que nascia o destino — dera sempre outro sentido a tudo, compreendendo e aprovando o crime. Tinha havido sempre dois Friedrich Klein, um visível e outro secreto, um funcionário público e um criminoso, um pai de família e um assassino.

Naquele tempo, porém, ele vivera sempre do lado do eu "melhor", do funcionário e do homem respeitável, do esposo e do cidadão bem-comportado. Nunca havia aprovado a intenção secreta de seu coração e nunca a reconhecera sequer.

Entretanto, aquela voz íntima o tinha insensivelmente guiado e fizera dele um fugitivo e um réprobo!

Cheio de satisfação, agarrou-se a essas ideias. Havia nelas um pouco de coerência e alguma lógica. Não bastava, porém. Tudo o que era importante ainda estava imerso na escuridão, mas já conseguira um pouco de claridade, um pouco de verdade. E a verdade era o que importava. Contanto que ele não perdesse de novo o fio da meada!

Dormiu e acordou muitas vezes, numa exaustão febril, sempre na fronteira entre o pensamento e o sonho, perdeu cem vezes o fio da meada e cem vezes o reencontrou. Por fim, rompeu o dia, e o barulho das ruas chegou ao quarto.

2

Durante a manhã, Klein andou pela cidade. Chegou diante de um hotel cujo jardim lhe agradou. Entrou, viu um quarto e ficou com ele. Só quando já ia saindo do hotel é que se lembrou de verificar o nome e leu: Hotel Continental. Não era esse nome já conhecido? Não fora já previsto? Do mesmo modo que o Hotel Milano? Desistiu em breve de pensar nisso, mas sentiu-se contente na atmosfera de estranheza, de jogo e de peculiar significação em que sua vida parecia ter ido parar.

O encantamento da véspera voltou pouco a pouco. Pensou satisfeito que era muito bom que estivesse no sul. Tinha sido bem orientado. Se não fosse aquele envolvente encantamento que o cercava, o tranquilo espairecimento e o esquecimento de si mesmo, ficaria inteiramente abandonado aos pensamentos obsessivos e estaria desesperado. E assim, conseguia passar horas a vegetar em agradável cansaço, sem obsessões, sem angústias, sem pensamentos. Isso lhe fazia bem. Era muito bom que houvesse o sul e que ele para lá se tivesse encaminhado. O sul tornava a vida mais fácil. Confortava e entorpecia.

Também agora, à clara luz do dia, a paisagem se mostrava inverossímil e fantástica e as montanhas pareciam muito próximas, muito escarpadas e muito altas, como que imaginadas por algum pintor excêntrico. Achava belo, porém, tudo o que estava próximo e era pequeno: uma árvore, um trecho do lago, uma casa pintada em belas cores alegres, um muro de jardim, um pequeno campo de trigo entre vinhedos, reduzido e bem cultivado como uma horta. Tudo isso era encantador e amigo, alegre e sociável, transpirando saúde e confiança. Aquela paisagem compacta, amistosa e hospitaleira com os seus habitantes serenos e alegres podia ser amada. E alguma coisa que pudesse ser amada era uma libertação!

Com o empenho apaixonado de esquecer e de perder-se, fugiu ele dos sentimentos de angústia que o espreitavam e se engolfou no mundo estranho. Caminhou pelo campo livre, ao lado da terra lavrada e graciosa. Tudo aquilo fazia-o lembrar-se não do campo e dos lavradores de sua terra, mas muito mais de Homero e dos romanos; havia ali alguma coisa antiga, primitiva mas cultivada, com uma inocência e uma maturidade que o Norte não tinha. As pequenas capelas e oratórios, coloridos e em parte desmoronados, quase todos enfeitados pelas crianças com flores do campo, erguidos à beira dos caminhos em honra dos santos, pareciam-lhe ter o mesmo sentido e nascer do mesmo espírito dos numerosos templos e santuários dos antigos que veneravam uma divindade em cada bosque, fonte e montanha e cuja alegre devoção cheirava a pão, vinho e saúde.

Voltou para a cidade, caminhou sob arcadas ressoantes, cansou-se no calçamento irregular de pedra, olhou com curiosidade para as lojas e oficinas abertas, comprou jornais italianos que não leu e chegou afinal exausto a um majestoso parque à beira do lago. Turistas passeavam ou liam sentados nos bancos. Velhas árvores enormes pendiam como que enamoradas da sua própria imagem na água verde-escura, sobre a qual se curvavam em abóbada. Plantas inverossímeis, serpentárias, fustetes, sobreiros e outras raridades levantavam-se sobranceiras ou angustiadas nos canteiros cheios de flores. Nas margens distantes do lago brilhavam aldeias brancas e róseas e casas de campo luminosas.

Sentou-se num banco e estava quase cochilando quando um passo rápido e elástico o despertou. Era uma mulher que passava, de botas castanhas com atacadores e um vestido curto sobre meias finas bem esticadas. O andar era vigoroso e firme, e a mulher era muito ereta e provocante, elegante e altiva. Tinha um rosto frio com lábios pintados de vermelho e um penteado alto nos cabelos de um amarelo metálico. O olhar dela deslizou por ele de passagem durante um segundo, seguro e depreciativo como o dos porteiros e *boys* do hotel. Passou, então, cheia de indiferença.

Sem dúvida, pensou Klein, ela tinha razão, ele não era um homem que merecesse atenção. Não se olhava duas vezes para quem era como ele. Apesar de tudo, a brevidade e a frieza daquele olhar doeram-lhe no íntimo do ser. Sentia-se depreciado e desprezado por quem via apenas a superfície e o exterior, e das profundezas de seu passado procurou erguer armas e estímulos para lutar com ela. Já se esquecera de que as botas finas e ágeis, o andar elástico e seguro, a perna lisa na meia fina de seda haviam-no por um momento atraído e alegrado. Tinham passado o roçagar de seu vestido e o leve perfume suave que lhe impregnavam os cabelos e a pele. Abandonado e espezinhado estava o belo e encantador sopro de sexo e de possibilidade de amor que o atingira emanado dela. Em vez disso vinham-lhe lembranças. Quantas vezes tinha ele visto tais criaturas, aquelas mulheres jovens, seguras e provocantes, fossem mundanas, fossem vazias mulheres de sociedade, quantas vezes se havia aborrecido com o jeito provocante delas, se irritara com aquela segurança e sentira nojo daquela fria e despudorada ostentação pessoal! Quantas vezes tinha ele, na rua ou nos restaurantes da cidade, partilhado a indignação de sua mulher em face dessas criaturas pouco femininas e que procediam como hetairas!

Aborrecido, esticou as pernas. Aquela mulher lhe havia tirado o bom humor. Sentia-se exasperado, zangado e insultado. Sabia que, se aquela mulher de cabelos amarelos passasse mais uma vez por ele e lhe lançasse aquele olhar de menosprezo, ele ficaria vermelho e chegaria à conclusão de que era inferior e inadequado com a sua roupa, o seu chapéu, os seus sapatos, o seu rosto, os seus cabelos e a sua barba! Ela que fosse para o inferno! E com aquele cabelo amarelo! Era evidentemente artificial e não havia ninguém no mundo que pudesse ter cabelos daquele tom. E estava ainda por cima exageradamente pintada. Como podia haver uma criatura que se prestasse a besuntar os lábios daquela maneira! Desprezível! E era uma mulher assim que passava como se fosse dona do mundo, com aquela maneira, aquela segurança, e com isso tirava a alegria das pessoas decentes.

Juntamente com esses sentimentos envolventes de desprazer, cólera e constrangimento, outra bolha de seu passado subiu à superfície e ele compreendeu de repente que eram as opiniões de sua mulher que ele estava exprimindo, dando razão a ela e mais uma vez subordinando-se a ela. Mas, um momento depois, sobreveio outro pensamento, segundo o qual era errado de sua parte classificar-se entre as pessoas decentes, pois isso já o deixara de ser. Tanto quanto a mulher de cabelos amarelos pertencia a um mundo que não era mais aquele em que vivera anteriormente e que já não podia ser considerado decente. Era, antes, um mundo no qual decente ou indecente eram coisas sem qualquer sentido e onde cada um procurava viver por sua conta esta vida difícil. Por um momento, compreendeu que seu desprezo pela mulher de cabelos amarelos era tão superficial e insincero quanto o fora em outros tempos a sua indignação contra o professor e assassino chamado Wagner e seu desdém pelo outro Wagner, cuja música lhe parecera por demais sensual. Por um instante, seu sentido oculto, seu eu perdido lhe abriu os olhos e mostrou-lhe com o seu olhar onisciente que todas as indignações, todas as raivas e todas as condenações eram um erro e uma infantilidade e vinham cair sobre o pobre-diabo que desdenhava.

Esse sentido bom e onisciente disse-lhe que ele estava de novo diante de um mistério, cujo significado era importante para a sua vida, e que aquela prostituta ou mulher mundana, que aquele vislumbre de elegância, sedução e sexo não lhe era de modo algum repugnante ou odioso, mas que ele apenas havia imaginado tais julgamentos e os incutira no cérebro com medo de sua verdadeira natureza, com medo de Wagner, com medo do animal ou do demônio que ele pudesse descobrir dentro de si, quando se livrasse das cadeias e dos disfarces de sua respeitabilidade moral. Surgiu então nele alguma coisa como um riso de escárnio que logo, porém, desapareceu. O desprazer voltou a predominar. Era monstruosa a maneira pela qual cada despertar, cada emoção, cada pensamento atingiam-no infalivelmente no seu ponto fraco e sensível às aflições. Era colhido mais uma vez por essa fraqueza e estava às voltas com sua vida falha, com sua mulher, com as suas faltas e com a desesperança do seu futuro. A angústia de novo o envolveu e o eu onisciente desapareceu como um suspiro que ninguém ouviu. Que agonia! Não, a mulher de cabelos amarelos não tinha culpa de espécie alguma nisso. E tudo o que ele contra ela sentia não fizera mal algum à mulher. Tudo se voltara contra ele.

Levantou-se e começou a andar depressa. Dantes, tinha ele julgado que levava uma vida bem solitária e com um pouco de vaidade atribuíra o fato a uma certa filosofia resignada que nele havia. Ganhara com seus amigos uma reputação de intelectual, de ser um belo espírito dado às leituras. Mas a grande verdade era que ele nunca fora um solitário. Ele havia falado com os amigos, com a mulher, com os filhos, com todas as pessoas possíveis, e com isso os dias tinham passado e as tristezas se haviam tornado suportáveis. E ainda quando ficava sozinho, não se podia falar em solidão. Tinha partilhado sempre das ideias, das angústias, das alegrias, dos confortos de muitos outros, de todo um mundo. A comunidade sempre o havia cercado e o penetrara até o mais profundo do ser e até na solidão, no sofrimento e na resignação pertencera sempre a um grupo, uma associação protetora, que era o mundo dos homens decentes, justos e retos. Agora, porém, experimentava o que era a solidão. Todas as flechas o atingiam, todos os motivos de conforto lhe pareciam sem sentido, toda a evasão da angústia levava-o de volta àquele mundo de que ele se separara, que o havia despedaçado e que fugia dele. Tudo o que tinha havido de bom e correto em sua vida não existia mais. Tinha de achar o caminho por si mesmo e ninguém o ajudava mais. E que achava ele dentro de si mesmo? Nada senão desordem e dilaceração.

Um automóvel veio em sua direção e, quando ele se desviou, os seus pensamentos se dispersaram mas ganharam novo alento. Sentiu na cabeça a vertigem e o vazio da insônia. "Automóvel", pensou ou murmurou ele, sem saber o que isso significava. Fechando os olhos por um momento num acesso de fraqueza, viu uma imagem que lhe pareceu conhecida, da qual se lembrou e que infundiu sangue novo aos seus pensamentos. Viu-se dentro de um automóvel a dirigi-lo e compreendeu que se tratava de um sonho que já tivera. No sentimento daquele sonho, havia empurrado a pessoa que dirigia e se apossara do volante e nisso experimentara alguma coisa de semelhante à libertação e ao triunfo. Havia também algum conforto em tudo isso, mas não era fácil encontrá-lo. Mas havia. Quando nada em fantasia e em sonho, havia a doce possibilidade de dirigir o seu carro sozinho, de afastar a outra pessoa do banco num riso zombeteiro e ainda que o carro depois fizesse coisas disparatadas, passando por cima de passeios, indo de encontro a casas e gente, era uma coisa muito agradável e bem melhor do que ser dirigido por mãos estranhas e ser tratado eternamente como uma criança.

Como uma criança! Não podia deixar de rir. Lembrou-se então de como tinha detestado na infância o seu sobrenome, que significava "pequeno". Agora, não se chamava mais assim. Não havia um sentido nisso — uma parábola, um símbolo? Tinha deixado de ser pequeno e criança e de ser guiado pelos outros.

No hotel, bebeu na hora da refeição um vinho suave que escolhera ao acaso e de que tomou nota. Poucas coisas existiam na vida que ajudassem a gente, que fossem capazes de confortar e aliviar. Era muito importante conhecer essas coisas raras. Aquele vinho era uma delas e o ar e a paisagem do sul eram outra. Que mais? Havia mais? Sim, os pensamentos eram também uma coisa confortadora e ajudavam a viver. Mas nem todos os pensamentos. Claro que não, pois havia uma espécie de pensamentos que torturavam e enlouqueciam. Havia pensamentos que escavavam o irremediável e não levavam senão ao desgosto, à preocupação e ao cansaço da vida. Havia outra espécie de pensamentos que era preciso procurar e aprender. Seria verdadeiramente uma maneira de pensar? Era mais uma posição, um estado de alma que durava apenas alguns momentos e que só podia existir graças a um esforço mental muito violento. Nesse estado altamente desejável, tinham-se inspirações, recordações, visões, fantasias e intuições de tipo especial. O pensamento (ou sonho) do automóvel era dessa espécie boa e confortadora como o era a lembrança inopinada do assassino Wagner e da discussão sobre ele em que se empenhara, muitos anos antes. A sua curiosa intuição sobre o próprio sobrenome era assim também. Quando se tinham tais pensamentos, tais inspirações, a ansiedade desaparecia por alguns momentos, e a horrível sensação de mal-estar era substituída por um acesso rápido de segurança. Tinha-se então a impressão de que tudo estava bem, a solidão era forte e altiva, o passado estava vencido e as horas futuras, desprovidas de terror.

Era uma coisa que ele tinha de captar, alguma coisa que tinha de perceber e aprender. Estaria salvo se pudesse com frequência encontrar em si pensamentos dessa espécie, cultivá-los e evocá-los. Refletiu demoradamente sobre essas coisas. Não soube como passara a tarde. As horas se esfumaram diante dele como em sonho e talvez tivesse mesmo dormido, quem sabia lá. Os seus pensamentos se concentraram repetidamente em torno daquele mistério. Pensou muito e demoradamente no seu encontro com a mulher de cabelos amarelos. Que significava ela? Como era possível que aquele encontro rápido, aquele segundo em que trocara um olhar com uma mulher estranha, bela mas um pouco antipática, fosse por tantas horas uma fonte de pensamentos, de sentimentos, de inquietação, de lembranças e de torturas? Como podia ser assim? Aconteceria o mesmo a outras pessoas? Por que ficara ele tão encantado por um momento com o rosto, o andar, as pernas, os sapatos e as meias da mulher de cabelos amarelos? Por que tanto o desiludira o olhar frio com que a mulher o avaliara? Por que aquele olhar fatal não só o desiludira, mas também o fizera despertar do seu breve encantamento erótico e ainda o insultara, ofendera e desvalorizara aos seus próprios olhos? Por que havia reagido àquele olhar com palavras e lembranças, que pertenciam ao seu mundo anterior, palavras que já não tinham qualquer sentido, por motivos em que já não acreditava? Ele tinha usado o julgamento de sua mulher, as palavras dos seus colegas, pensamentos e intenções do seu eu anterior, do cidadão e funcionário Klein que já não existia para atacar a mulher de cabelos amarelos e o seu olhar desagradável. Era como se ele tivesse sentido a necessidade de mobilizar todos os recursos possíveis contra aquele olhar, sem perceber que todos esses meios não passavam de um punhado de moedas antigas que já não tinham curso legal. E de todas essas penosas e prolongadas considerações nada auferira senão ansiedade, inquietação e o triste sentimento de seu próprio erro. Mas por um momento isolado, sentira aquele outro estado de alma tão desejável. Por um momento, tinha balançado a cabeça para afastar essas considerações penosas e havia compreendido melhor. O que ele tinha sabido no espaço de um instante era o seguinte: meus pensamentos sobre a mulher de cabelos amarelos são imbecis e indignos. O destino pesa sobre ela como sobre mim, e Deus a ama como a mim, me ama.

De onde lhe chegara essa voz amiga? Onde iria encontrá-la de novo, como poderia provocar-lhe a volta? Em que galho pousara aquele pássaro raro e tímido? Aquela voz dissera a verdade e a verdade era bênção, cura e refúgio. A voz se fazia ouvir quando ele estava unido ao seu destino dentro do seu coração e amava a si mesmo. Era a voz de Deus ou a voz de seu eu mais verdadeiro e profundo, longe de todas as mentiras, desculpas e comédias.

Por que não podia ouvir essa voz todo o tempo? Por que a verdade tinha sempre de passar por ele como um fantasma, visto apenas de relance e pronto a desaparecer mal era encarado? Por que via repetidamente entreaberta essa porta para a felicidade, que se fechava mal ele se aproximava com a intenção de entrar?

Em seu quarto, despertando de um cochilo, pegou um pequeno volume de Schopenhauer que estava na mesinha de cabeceira. Era o livro que em geral o acompanhava durante as suas viagens. Abriu-o ao acaso e leu: "Sempre que olhamos para trás, para os trechos da estrada da vida que já percorremos, e quando fixamos o olhar nos passos desastrados que demos, juntamente com as suas consequências, então não compreendemos como pudemos fazer isto ou emitir aquilo. Temos então a impressão de que uma força estranha nos guiou os passos. Goethe disse em *Egmont*: 'O homem pensa que dirige a sua vida, que se conduz. Mas o seu eu íntimo é arrastado irresistivelmente na direção do seu destino.'" Não havia aí alguma coisa que lhe dizia respeito? Não era aquilo estreitamente ligado aos seus pensamentos de pouco antes? Continuou a ler ansiosamente, mas não encontrou mais nada. As linhas e frases seguintes deixaram-no indiferente. Largou o livro e consultou o relógio, mas viu que se esquecera de dar--lhe corda e estava parado. Levantou-se e olhou pela janela; a tarde parecia estar caindo.

Sentia-se um tanto cansado depois do seu esforço intelectual, mas não desagradável e inutilmente exausto. Era antes como a fadiga reconfortante que se segue a um trabalho bem-feito. Calculou que tivesse dormido durante uma hora ou mais e foi para a frente do espelho a fim de escovar os cabelos. Sentia-se estranhamente bem-humorado e livre e viu pelo espelho que estava sorrindo. O seu rosto pálido e abatido, que durante tanto tempo lhe aparecera deformado, rígido e selvagem, ostentava agora aquele bom sorriso satisfeito e amigo. Admirado, sacudiu a cabeça e riu para si mesmo. Desceu. No restaurante, já havia gente jantando em algumas mesas. Não tinha ele comido pouco antes? De qualquer maneira, gostaria de comer de novo e pediu, interrogando ansiosamente o garçom, um bom jantar.

— O senhor gostaria de ir a Castiglione hoje à noite? — perguntou o garçom ao servi-lo. — Há uma lancha do hotel que pode levá-lo lá.

Klein agradeceu balançando a cabeça. Não, esses programas proporcionados pelo hotel não lhe diziam nada. Castiglione? Tinha ouvido falar no lugar. Era um centro de diversões com um cassino, como se fosse uma pequena Monte Carlo. Meu Deus, que iria ele fazer lá?

Quando lhe trouxeram o café, tirou uma rosa branca do jarro em sua mesa e colocou-a na lapela. De uma mesa vizinha, chegou-lhe a fumaça de um charuto aceso. Uma coisa que lhe iria bem naquele momento era um bom charuto.

Indeciso, passeou durante algum tempo de um lado para outro à frente do hotel. Tinha muita vontade de voltar à zona rural onde na tarde anterior ouvira a jovem italiana cantar, contemplara a dança lucilante dos vaga-lumes e sentira pela primeira vez a doce realidade do sul. Mas era também atraído pelo parque, com as suas águas tranquilas sob as árvores copadas. Dessa vez, se a mulher de cabelos amarelos passasse, não sentiria mais raiva nem vergonha do frio olhar dela. Na verdade... quanto tempo tinha passado desde a noite anterior! Como se sentia em casa naquelas terras do sul! Quanto já havia sentido, pensado e aprendido!

Entrou por uma rua, envolto num bom e suave vento crepuscular de verão. As mariposas se concentravam apaixonadamente em torno dos lampiões da rua. Gente trabalhadora fechava tardiamente as suas lojas e corria as cortinas em frente delas. Muitas crianças ainda brincavam, correndo em volta das mesinhas dos cafés onde se tomava café e limonada no passeio. Uma imagem da Madona num nicho da parede sorria dentro de uma profusão de luzes. Também às margens do lago ainda existia vida, com gente espalhada pelos bancos a rir, discutir e cantar, enquanto na água ainda se balouçavam barcos, com remadores em mangas de camisa e moças de blusa branca.

Klein achou com facilidade o caminho do parque, mas o grande portão estava fechado. Por trás do alto gradil de ferro ficava a escuridão das árvores, silenciosa e estranha, cheia já de noite e de sono. Olhou durante muito tempo para dentro. Depois, sorriu e só então compreendeu o desejo secreto que o levara até ali, diante daquele portão fechado. Agora, de qualquer maneira, tinha de se arrumar sem o parque.

Sentou-se tranquilamente num banco à beira do lago e ficou vendo o povo que passava. Abriu um jornal italiano e tentou lê-lo à luz do lampião. Não compreendia tudo, mas cada frase que conseguia traduzir dava-lhe prazer. Só aos poucos, deixando a gramática de lado, começou a prestar atenção ao sentido. Descobrindo com certo espanto que o artigo era um violento ataque ao seu povo e à sua terra. Como era estranho, pensou ele, que ainda houvesse coisas assim. Os italianos escreviam sobre seu povo como os jornais de sua terra sempre se referiam à Itália, com a mesma acrimônia, com a mesma convicção do seu próprio direito e dos erros dos estrangeiros. Era estranho também que aquele jornal com todo o seu ódio e as suas opiniões cruéis não conseguisse irritá-lo, nem indigná-lo. Ou não era bem essa a questão? Indignar-se por quê? Tudo aquilo era a espécie e a linguagem de um mundo a que ele já não pertencia. Podia muito bem ser um mundo bom, o melhor até e cheio de razão, mas não era mais o seu.

Deixou o jornal em cima do banco e continuou o seu passeio. Num jardim, acima de roseiras profusamente floridas, brilhavam umas cem luzes coloridas. Havia gente entrando e ele fez o mesmo. Um caixa, empregados, uma parede cheia de cartazes. No meio do jardim, havia um salão sem paredes, um espaço coberto por um toldo de lona do qual pendiam inúmeras lâmpadas multicores. Muitas mesas de jardim meio ocupadas enchiam o espaçoso salão. No fundo, decorado em prata, verde e rosa vivos, inundado de luz, um pequeno palco elevado. Sob ele, estavam sentados os músicos de uma pequena orquestra. Alada e leve, uma flauta soprava para a quente noite multicor, enquanto o oboé se avolumava intensamente e o violoncelo cantava sombrio, ansioso e quente. No palco, um velho cantava canções cômicas, rindo forçadamente com a boca pintada enquanto as luzes festivas se refletiam no seu crânio calvo e preocupado.

Klein não tinha esperado nada de parecido com aquilo. Por um momento, sentiu decepção e crítica e a sua velha timidez que o inibia de sentar-se sozinho no meio de uma multidão animada e bem-vestida. A jovialidade artificial parecia-lhe não combinar com a fragrância noturna do jardim. Sentou-se, porém, de qualquer maneira e a luz que caía de tantas lâmpadas coloridas em breve lhe aplacou o aborrecimento. Pairava como um véu mágico sobre todo o recinto. A música trivial, frágil e profundamente sentida se harmonizava com o perfume das rosas. As pessoas em volta alegres e bem-vestidas demonstravam animação discreta. Acima das mesas, das garrafas, das taças de sorvete, iluminados pela luz suave, havia rostos claros e chapéus esquisitos de mulher e também os sorvetes róseos e amarelos nas taças e os copos de refresco vermelho, verde e amarelo se harmonizavam como joias no vasto quadro festivo.

Ninguém estava escutando o cômico. O pobre velho continuava sozinho e esquecido no palco, cantando o que havia aprendido enquanto a preciosa luz lhe banhava a triste figura. Terminou a sua canção e pareceu satisfeito de poder afinal sair dali. Nas mesas da frente, duas ou três pessoas bateram palmas. O cantor saiu do palco e dentro em breve reapareceu no jardim. Sentou-se numa das mesas perto da orquestra. Uma mulher jovem serviu soda num copo para ele e se levantou um pouco para isso. Klein olhou-a. Era a mulher de cabelos amarelos.

Foi então que de algum lugar se elevou o som estridente, forte e insistente de um sino. Houve uma agitação entre os espectadores. Muitas pessoas saíram do salão sem chapéu ou casaco. A mesa perto da orquestra também ficou vazia. A mulher de cabelos amarelos saiu com os outros, com a cabeça a resplandecer fora da zona onde as luzes brilhavam. Só o velho cantor continuou sentado à mesa.

Klein ganhou impulso e foi até onde ele estava. Cumprimentou cortesmente o velho, que se limitou a uma leve inclinação de cabeça.

— Pode-me dizer o significado daquele sino? — perguntou Klein.

— Intervalo — disse o cômico.

— E para onde foi todo mundo?

— Jogar. Há um intervalo de meia hora e todos podem ir jogar no cassino ali defronte.

— Obrigado. Eu não sabia que havia um cassino aqui também.

— Nem vale a pena falar nisso. Coisa de criança. A parada máxima é cinco francos.

— Muito obrigado.

Tirou novamente o chapéu e se voltou. Ocorrera-lhe então que poderia perguntar ao velho sobre a mulher de cabelos amarelos. Os dois pareciam conhecer-se.

Hesitou ainda com o chapéu na mão. Que era, na verdade, o que ele queria? Que lhe interessava a mulher? Mas sentia que, apesar de tudo, ela lhe interessava. O que havia com ele era timidez, alguma ilusão e inibição. Subiu-lhe uma onda leve de aborrecimento, como uma nuvem escura. A melancolia crescia de novo nele. Sentia-se mais uma vez capturado, enredado e descontente consigo mesmo. Era melhor voltar para casa. Que estava fazendo ali entre os que se divertiam? Nada tinha em comum com eles.

Um garçom, que pedia o pagamento da conta, interrompeu-o. Ficou zangado.

— Não podia esperar até que eu o chamasse?

— Desculpe, senhor. Pensei que já quisesse sair. É do meu bolso que tem de sair o dinheiro se algum freguês sair sem pagar.

Pagou, dando uma gorjeta maior do que seria necessário.

Quando já ia saindo do salão, viu a mulher de cabelos amarelos que voltava. Esperou um pouco e deixou-a passar. Ela seguiu com o corpo bem aprumado e um passo leve como se pisasse em penas. Olhou-o de relance friamente e sem qualquer sinal de reconhecimento. Klein viu-lhe o rosto bem iluminado, um rosto tranquilo e inteligente, firme e pálido, um pouco desdenhoso, com a boca bem pintada de um vermelho vivo, olhos cinzentos e cheios de vida e uma orelha bela e bem cinzelada em que brilhava uma pedra verde e alongada. Trazia um vestido de seda branca, e o esbelto pescoço descia para sombras opalinas e estava rodeado de um pequeno colar de pedras verdes.

Ele a olhou secretamente emocionado e de novo com sentimentos ambivalentes. Alguma coisa dentro dela o seduzia, falava-lhe de felicidade e intimidade. Sentia o aroma da carne, dos cabelos e da beleza bem-cuidada, ao passo que outra parte do seu ser recuava, fazia-a parecer inautêntica e temia a decepção. Era a velha timidez, aprendida e por toda uma vida alimentada em face do que lhe parecia prostituição, ostentação de beleza e lembranças do sexo e de batalhas amorosas. Sabia muito bem que a ambivalência estava nele mesmo. Ali estava novamente Wagner, ali estava novamente o mundo da beleza mas sem pudor, do encanto mas sem dissimulação, sem timidez, sem sentimento de culpa. Reaparecia nele o inimigo que lhe barrava a entrada no paraíso.

Os garçons estavam arrumando de novo as mesas de modo a deixar um espaço livre no centro. Alguns dos fregueses não tinham voltado.

"Fica", dizia um impulso ao homem solitário. Sabia muito bem a noite que o esperava se saísse naquele momento. Uma noite como a anterior, talvez ainda pior. Pouco sono, pesadelos, desespero e tormento, juntamente com os lamentos dos sentidos e a ideia fixa das pedras verdes do colar sobre aquele colo branco. Talvez dentro em pouco chegasse ele ao ponto além do qual a vida não poderia mais ser suportada. E o mais estranho é que ele tinha, apesar de tudo, apego à vida. Ou não tinha? Mas estaria ele ali se não tivesse? Teria ele abandonado a mulher, queimando as pontes atrás dele, teria ele entrado em toda aquela maquinaria maléfica que lhe produzia cortes na própria carne, teria ele por fim viajado para o sul se não tivesse apego à vida, se não sentisse em si mesmo desejos e um futuro? Não tinha ele sentido naquela noite, inconfundível e admirável, o apego à vida ao tomar o bom vinho, ao chegar diante do portão fechado do parque, ao sentar-se no banco à beira do cais?

Ficou e sentou-se numa mesa perto daquela onde estavam o cantor e a mulher de cabelos amarelos. Havia seis ou sete pessoas sentadas em torno, que evidentemente estavam à vontade ali e faziam parte da casa e dos divertimentos. Olhou-as atentamente. Pareciam ter a maior intimidade com os fregueses. Os homens da orquestra também as conheciam e iam frequentemente à mesa delas e trocavam pilhérias. Chamavam o garçom por você e pelo nome. Falavam umas com as outras em alemão, italiano e francês.

Klein observou a mulher de cabelos amarelos. Ela permanecia séria e fria. Klein não a vira rir uma só vez e seu rosto controlado parecia impassível. Viu também que ela tinha alguma espécie de importância em sua mesa. Homens e mulheres tratavam-na com amistoso respeito. Ouviu então lhe pronunciarem o nome: Teresina. Seria bela e ele realmente gostava dela? Não sabia dizer. Bela era certamente no porte e no andar, até mesmo excepcionalmente bela na maneira de sentar e nos movimentos das mãos bem-tratadas. Mas o que o irritava era a frieza parada de seu rosto, a segurança e a imutabilidade de sua expressão, o olhar fixo como o de uma máscara. Parecia uma pessoa que tinha o seu próprio céu e o seu próprio inferno, sem partilhá-los com ninguém. Era uma pessoa de espírito aparentemente duro, inflexível, talvez orgulhoso e até perverso, mas em cuja alma deviam arder também o desejo e a paixão. Que espécies de sentimentos procurava e amava ela, de que espécies fugia? Onde estavam as suas fraquezas, as suas ansiedades, os seus segredos? Como seria ela quando ria, quando dormia, quando chorava, quando beijava?

E como era possível que ela lhe ocupasse os pensamentos havia já meio dia, enquanto ele a observava e estudava, temendo-a e preocupando-se com ela sem saber ainda se gostava dela ou não?

Seria ela talvez um objetivo e um destino para ele? Algum poder secreto o atrairia para ela, como o que o havia atraído para o sul? Seria um impulso inato, uma linha do destino, um anseio inconsciente de toda uma vida. O encontro com ela lhe teria sido predestinado? Pendente sobre ele?

Escutando atentamente, conseguiu captar um fragmento da conversa dela no meio da conversação geral. Dizia ela a um homem jovem e elegante de cabelos pretos ondulados e rosto liso: "Eu gostaria ainda de jogar, mas não aqui por migalhas e sim em Castiglione ou Monte Carlo." E então, em resposta a alguma coisa que o homem dissera, acrescentou: "Não, sei que não pode compreender. Pode ser feito, pode ser imprudente, mas é irresistível."

Já sabia, portanto, alguma coisa dela. Era uma coisa que lhe dava muito prazer tê-la espiado e escutado furtivamente. Por uma pequena janela iluminada, ele, um estranho, do lado de fora, conseguira uma breve incursão de espionagem na alma dela. Ela tinha desejos. Ansiava por alguma coisa emocionante e perigosa, na qual fosse possível se perder. Agradava-lhe saber disso. E que era que havia com Castiglione? Já não ouvira aquele nome? Onde e quando?

De qualquer maneira, não podia lembrar-se disso no momento. Mas, uma vez mais, teve a impressão, como já a tivera várias vezes naqueles dias estranhos, de que tudo o que fazia, ouvia, via e pensava era cheio de conexões e laços necessários, que alguém o estava guiando e que aquela longa e distante cadeia de causas podia produzir frutos e esses frutos já estavam aparecendo. E era bom que assim fosse.

Um sentimento de felicidade tornou a empolgá-lo, um sentimento de calma e segurança no coração, admiravelmente delicioso para ele, que tinha conhecido a angústia e o horror. Lembrou-se de uma frase de seus tempos de rapaz. Ele e um grupo de colegas conversavam sobre os homens que andavam na corda bamba que pareciam tão seguros e calmos nos seus movimentos. Um dos colegas tinha dito: "Quando se traça no chão uma risca de giz, é tão difícil andar sobre essa risca quanto sobre a mais fina corda bamba. Entretanto, anda-se tranquilamente pela risca de giz porque não há perigo. Quando a pessoa imagina que a corda bamba é uma risca de giz e o ar que está embaixo é o chão, pode-se andar calmamente sobre a corda." Lembrava-se disso naquele momento. Como era certo! Talvez o problema dele fosse adotar uma posição exatamente oposta. Talvez não pudesse andar com calma e segurança porque julgava que o chão mais plano fosse incerto como uma corda bamba.

Alegrava-se com o fato de ocorrerem-lhe ideias tão consoladoras que dormiam nele e de vez em quando subiam à superfície. Era dentro de si que se trazia tudo o que pudesse acontecer; ninguém de fora ajudava ninguém. Quando se conseguia não estar em guerra consigo mesmo, mas viver em paz e em confiança, nada havia que não se pudesse fazer. Podia-se não só andar com segurança na corda bamba, podia-se até voar.

Durante algum tempo, esquecido de tudo o que o cercava, ele se abandonou a esses sentimentos, percorrendo os caminhos da alma como se fosse ao mesmo tempo um caçador e um guia, sentado absortamente à sua mesa, com a cabeça a descansar na mão. Nesse momento, a mulher de cabelos amarelos olhou na direção dele e o viu. O olhar dela não foi demorado, mas leu-lhe atentamente o rosto e, quando ele sentiu esse olhar e a ele correspondeu, percebeu alguma coisa como respeito, simpatia e até um toque de afinidade. Dessa vez, o olhar dela não o ofendeu, nem se mostrou injusto. Sentia ele que dessa vez ela o via, a ele próprio, não às suas roupas e às suas maneiras, não os seus cabelos e as suas mãos, mas o que existia nele de verdadeiro, de imutável e de secreto, a sua personalidade, a sua parte do eterno, o seu destino.

Pediu intimamente desculpas pelas coisas amargas e revoltadas que pensara sobre ela. Mas não, não havia de que pedir desculpas. As coisas más e levianas que pensara e sentira contra ela tinham sido golpes contra si mesmo e não contra ela. Não, tudo estava bem.

De repente, levou um susto com a música que recomeçava. A orquestra executava uma ária de dança. Mas o palco permanecia vazio e às escuras. Os olhares dos presentes se voltavam não para lá, mas para o espaço vazio entre as mesas. Era claro que ia haver danças.

Levantou os olhos e viu a mulher de cabelos amarelos e o jovem de rosto liso que saíam da mesa. Riu de si mesmo ao perceber a resistência que opunha ao jovem, a má vontade com que lhe reconhecia as maneiras finas, a elegância, a beleza do rosto e dos cabelos. O jovem levou-a pela mão até o espaço livre, outro par os seguiu e os dois pares dançaram um tango elegante, seguro e belo. Não entendia muito de danças mas viu imediatamente que Teresina dançava de maneira maravilhosa. Viu que ela fazia alguma coisa que compreendia e dominava, alguma coisa que vinha naturalmente dela. O jovem de cabelos pretos ondulados também dançava bem. Estavam à altura um do outro. A dança de ambos falava aos espectadores de coisas agradáveis, leves, simples e simpáticas. Suave e delicadamente suas mãos se tocavam, espontânea e alegremente, os joelhos, os braços, os pés e os corpos de ambos executavam a sua ágil atividade. A dança dos dois exprimia felicidade e alegria, beleza e luxo, boas maneiras e arte de viver. Exprimia amor e sexualidade, mas nada de rude e apaixonado e, sim, um amor cheio de naturalidade, ingenuidade e graça. Dançavam para os frequentadores ricos do restaurante, dançavam para exprimir a beleza que a vida encerrava mas que aquela gente não podia traduzir ou sequer sentir sem ajuda externa. Aqueles dançarinos profissionais e bem treinados serviam como substitutivo à boa sociedade. Os outros, que não eram capazes de dançar tão bem e com tanta agilidade, que não podiam realmente gozar, deixavam aqueles dois dançarem como se eles fossem eles próprios. E não era só isso. Deixavam-se não apenas ser envolvidos por uma clara leveza e domínio da vida, mas eram também lembrados da natureza e da inocência dos sentimentos e das sensações. De suas vidas excessivamente apressadas ou estafadas, ou também excessivamente preguiçosas e saciadas que alternavam entre períodos de trabalho violento e períodos de prazeres violentos e penitências forçadas em sanatórios, olhavam eles, rindo tolamente e secretamente emocionados pela dança daqueles dois jovens ágeis e belos, como se estivessem vendo uma luminosa primavera da vida, ou um pedaço distante do paraíso, que tinham perdido e do qual só podiam falar às crianças nos feriados, em que não acreditavam mais, embora sonhassem com ele à noite entre ardentes desejos.

Mas aconteceu que, durante a dança, houve uma transformação no rosto da mulher de cabelos amarelos, que Friedrich contemplou com verdadeiro êxtase. Pouco a pouco, tão imperceptível como a invasão rósea de um céu matinal, um sorriso que crescia e se aquecia lentamente se espalhou pelo seu rosto frio e sério. Olhando diretamente para a frente, sorria ela como se despertasse, como se só aquela dança pudesse dissipar-lhe a frieza e despertá-la inteiramente para a vida. O seu companheiro sorria também, assim como o outro par. Era belo ver um sorriso desabrochado nos quatro rostos, embora tudo parecesse impessoal e passivo como uma máscara. Mas o sorriso de Teresina era o mais belo e misterioso. Ninguém sorria como ela, tão independente de qualquer circunstância, como se ela estivesse a florescer de prazer interior. Klein percebeu isso com intensa emoção, como se fosse a descoberta de um tesouro oculto.

"Que cabelos bonitos ela tem!", ouviu alguém por perto exclamar. Lembrou-se então de como caluniara aqueles admiráveis cabelos dourados e como duvidara de sua autenticidade.

O tango tinha terminado. Klein viu Teresina ficar por um momento ao lado de seu par, com a mão esquerda ainda à altura dos ombros, e percebeu o encantamento no rosto dela brilhar ainda um instante e então esmaecer lentamente. Houve aplausos e todos olharam os dois que com passos ágeis voltavam para a sua mesa.

A dança seguinte, que começou depois de uma breve pausa, foi executada apenas por Teresina e seu belo cavalheiro. Era uma dança de fantasia livre, uma pequena criação complexa, quase uma pantomima, que cada dançarino executava por si mesmo e que só se tornou uma dança de participação em alguns momentos fulgurantes e durante o impetuoso movimento final.

Teresina flutuava com os olhos cheios de felicidade tão completamente descontraída e feliz, seguindo com membros imponderáveis os volteios da música, a tal ponto que houve completo silêncio no salão e todos se empenharam em admirá-los. A dança terminou com um violento giro durante o qual dançarino e dançarina só moviam as mãos e as pontas dos pés e então, inclinando-se muito para trás, rodaram num círculo bacântico. Durante aquela dança, teve cada qual a impressão de que os dois dançarinos nos seus gestos e passos, nas suas separações e nos seus contatos, em suas perdas e recuperações do equilíbrio, representavam sentimentos que todos os presentes conheciam e profundamente desejavam mas eram tão simples, forte e claramente experimentados por algumas almas felizes. A dança traduzia a alegria do ser humano saudável consigo mesmo, a intensificação dessa alegria no amor pelo outro, a confiante aceitação da própria natureza e despreocupada entrega aos desejos, sonhos e fantasias do coração. Por um momento, muitos sentiram uma tristeza pensativa de que entre suas vidas e as suas atividades houvesse tanta cisão e tanta tensão que a existência deixara de ser uma dança e se tornara um penoso arquejar sob cargas que a si próprios tinham imposto.

Enquanto olhava a dança, Friedrich Klein contemplou anos transcorridos de sua vida como através de um escuro túnel. Do outro lado, ficava ao sol e ao vento, verde e brilhante o que perdera, a juventude, os sentimentos simples e fortes, a confiante disposição para a felicidade, e tudo isso estava de novo estranhamente perto, a apenas um passo de distância, presente e refletido como por encanto.

Com o riso interior da dança ainda no rosto, Teresina passou por ele. Sentiu alegria e encantada devoção. E, como se Klein a tivesse chamado, Teresina olhou de repente para ele, cordialmente ainda não desperta, com a alma ainda cheia de felicidade e o doce sorriso ainda nos lábios. E Klein também sorriu para ela, quase num esplendor de felicidade através do fosso sombrio de tantos anos perdidos.

Ao mesmo tempo, ele se levantou e estendeu a mão para Teresina, como se fosse um velho amigo, sem dizer uma palavra. A dançarina tomou-lhe a mão e apertou-a firmemente por um momento, sem interromper os seus passos. Klein seguiu-a. Na mesa da artista, arrumaram-lhe um lugar e ele se sentou perto de Teresina e viu cintilarem as compridas pedras verdes na pele clara do seu pescoço.

Não participou da conversa, da qual pouco estava entendendo. Por trás da cabeça de Teresina, via, ao clarão das luzes do jardim, as hastes floridas das roseiras, com suas pencas escuras de rosas sobressaindo, sobre as quais os vaga-lumes de vez em quando voavam. Os seus pensamentos descansavam; nada havia em que pensar. As pencas de rosas se balançavam docemente ao vento noturno. Teresina estava sentada ao lado dele e em sua orelha brilhava a pedra verde. O mundo estava em ordem.

Por fim, Teresina pousou a mão no braço dele.

— Precisamos conversar. Mas não aqui. Lembro-me agora de tê-lo visto no parque. Estarei lá amanhã, à mesma hora. Agora estou muito cansada e vou dormir. Acho melhor que vá saindo, senão meus colegas começarão a explorá-lo.

Chamou um garçom que ia passando.

— Ernesto, o cavalheiro quer pagar a conta.

Klein pagou a conta, estendeu a mão a Teresina, pegou o chapéu e saiu para o lado do lago, sem saber bem aonde ia. Era impossível agora ir deitar-se no seu quarto de hotel. Seguiu pelo caminho à beira do lago, afastando-se da cidade e dos subúrbios, até que os parques e os bancos da margem acabaram. Sentou-se então na muralha do cais e começou a cantar para si e quase sem voz alguns trechos meio esquecidos de canções de sua mocidade. Ali se deixou ficar até que começou a fazer frio e as altas montanhas assumiram um ar hostil e estranho. Voltou para o hotel com o chapéu na mão.

Um sonolento porteiro da noite abriu-lhe a porta.

— Sei que cheguei um pouco tarde — disse ele, dando um franco ao porteiro.

— Estamos habituados. O senhor não é o último hóspede a chegar. A lancha de Castiglione também ainda não voltou.

3

A dançarina já estava lá quando Klein entrou no parque. Ela estava caminhando com seu passo macio dentro do jardim, em torno de um canteiro, e parou de repente diante dele à entrada frondosa de um renque de árvores.

Os olhos cinza-claros de Teresina olharam-no atentamente. O seu rosto estava sério e um pouco impaciente.

— Pode explicar-me o que aconteceu ontem? Por que estamos sempre atravessados no caminho um do outro? Tenho pensado muito nisso. Vi-o ontem duas vezes no jardim do Kursaal. Na primeira vez, estava à porta a olhar para mim. Parecia aborrecido ou irritado e eu me lembrei imediatamente de que já o tinha visto no parque. A impressão que tive não foi muito boa e eu resolvi esquecê-lo imediatamente. Tornei então a vê-lo cerca de quinze minutos depois. Sentou-se perto de nossa mesa e de repente me pareceu inteiramente diferente, sem nada de parecido com o homem que eu vira antes. E então, depois que fiz o meu número de dança, levantou-se e estendeu-me a mão ou eu é que lhe estendi, não me lembro mais. Que é que está havendo? Deve saber alguma coisa a esse respeito. Mas espero que não tenha vindo até aqui para me fazer declarações de amor.

Ela o olhou autoritariamente.

— Não sei — disse Klein. — Não cheguei aqui com qualquer intenção definida. Eu a amo desde ontem, mas não há a menor necessidade de falarmos nisso.

— Está bem, falemos então de outra coisa. Houve ontem entre nós alguma coisa que me preocupa e também amedronta, como se nós tivéssemos alguma coisa de semelhante ou de comum. Que foi? Mas o que eu quero saber principalmente é o seguinte: qual foi a transformação que houve em sua pessoa? Como foi possível que dentro de uma hora tivesse duas fisionomias inteiramente diferentes? Parecia um homem que tinha passado por alguma coisa muito importante.

— Qual era a minha aparência? — perguntou ele infantilmente.

— Bem, a princípio vi-o como um homem mais velho, um pouco rabugento e desagradável. Olhou-me como um homem de espírito estreito acostumado a descarregar nos outros as culpas de suas insuficiências.

Ele a olhava com ansiosa simpatia, assentindo vigorosamente. Ela continuou:

— E, então, depois... É difícil descrever. Estava com o corpo um pouco inclinado e meu primeiro pensamento quando o vi foi: como esses homens de espírito estreito adotam posições tristes! Sua cabeça estava apoiada na mão e parecia nesse momento muito estranho. Era como se fosse o único homem no mundo e bem indiferente ao que lhe acontecesse ou ao mundo inteiro. O seu rosto era uma máscara, horrivelmente triste ou horrivelmente indiferente.

Ela se calou, pareceu procurar mais algumas palavras, mas nada disse...

— Tem toda a razão — disse Klein modestamente. — Viu tudo com tal exatidão que eu não posso deixar de espantar-me. Leu dentro de mim como se eu fosse um livro aberto. Mas é muito natural que tenha percebido tudo.

— Por que natural?

— Porque, de maneira diferente, quando dança, exprime a mesma coisa. Quando você dança, Teresina, e também em outros momentos, você é como uma árvore, uma montanha, um animal ou uma estrela, inteiramente sozinha e senhora de si mesma. Não quer ser diferente do que é, boa ou má. Não foi justamente isso o que você viu em mim?

Ela o olhou como a examiná-lo, sem dar resposta.

— Acho que é um homem muito estranho — disse por fim, com voz incerta. — E na verdade como é? Realmente indiferente a qualquer coisa que lhe aconteça?

— Sou, mas nem sempre. Há muitos momentos em que sinto angústia também. Mas, depois, acontece alguma coisa, a angústia desaparece e nada mais importa. Sinto-me forte então. E talvez não seja correto dizer que nada importa. Muitas vezes, o que acontece é precioso e bem acolhido, seja lá o que for.

— Por um momento, cheguei a pensar que você poderia ser um criminoso.

— Isso também é possível. É até provável. Repare bem, chama-se de "criminoso" o homem que fez alguma coisa que os outros o proibiram de fazer. Ele, porém, o criminoso, fez apenas o que estava em sua natureza fazer. É essa a semelhança que existe entre nós: ambos fazemos aqui e ali, em raros momentos, aquilo que está em nossa natureza fazer. Nada é mais raro. A maioria das pessoas é incapaz de proceder assim. Eu também era assim. Falava, pensava, agia, vivia exclusivamente o que me era estranho, o que era intelectual, bom e correto, até que um dia isso chegou ao fim. Não podia mais e tive de seguir o meu caminho. O bom deixara de ser bom, o correto não era mais correto, a vida já não era suportável. Contudo, posso ainda suportar a vida e chego até a amá-la, apesar dos inúmeros tormentos que ela acarreta.

— Quer me dizer como é seu nome e quem é você?

— Sou o homem que está diante de você, nada mais. Não tenho nem nome, nem título, nem profissão. Tive de abandonar tudo isso. O que aconteceu foi que depois de uma longa vida decente e laboriosa caí do ninho, não faz muito tempo, e agora tenho de ser destruído ou de aprender a voar. O mundo não me interessa mais e eu agora estou sozinho.

Um pouco embaraçada, Teresina perguntou:

— Esteve internado em alguma instituição?

— Está querendo saber se eu sou maluco? Não, não sou. Mas isso seria também uma coisa possível. — Ficou um pouco preocupado com os pensamentos que se acumulavam dentro dele. Continuou com um princípio de inquietação: — Quando se fala sobre essas coisas, o que pode haver de mais simples se torna complicado e incompreensível. Não devemos falar sobre tais coisas. As pessoas só falam sobre elas quando não as querem compreender.

— Que quer dizer com isso? Eu quero realmente compreender. Acredite no que lhe estou dizendo. Isso me interessa muito.

Klein teve um amplo sorriso.

—Está bem. Quer conversar sobre esse assunto. Experimentou alguma coisa e agora quer falar sobre essa coisa. Mas não adianta. Falar é o caminho mais seguro para a incompreensão, para tornar tudo raso e triste. Você não quer compreender nem a mim, nem a si mesma. Quer apenas ficar em paz e não ser perturbada pela advertência que recebeu. Quer livrar-se de mim e da advertência descobrindo algum rótulo que possa pregar em minha pessoa. Fez tentativas com as ideias de um criminoso ou de um desequilibrado. Quer saber meu nome e minha condição. Mas tudo isso só serve para afastar da compreensão. É tudo um engano, minha cara. É um mau substituto para a compreensão e uma evasão de querer compreender, de ser forçado a compreender.

Ele se calou e aflitamente passou a mão pelos olhos. Em seguida, alguma coisa mais agradável pareceu ocorrer-lhe. Tornou a sorrir e continuou:

—Ontem, quando você e eu nos sentimos por um momento iguais, nada dissemos, nada perguntamos e nada pensamos, estendemos a mão um para o outro e tudo estava bem. Agora, porém, estamos conversando, pensando e esclarecendo e o resultado é que tudo o que era tão simples se tornou estranho e incompreensível. E entretanto, seria tão fácil a você compreender-me como eu a compreendo.

—Julga que me compreende bem?

—Naturalmente. Como vive, não sei. Mas deve viver como eu já vivi e como todo mundo vive, mergulhada nas trevas e esquecida de si mesma, obedecendo a algum objetivo, a algum dever, a algum plano. É isso o que fazem todos e por isso o mundo inteiro vai mal e está condenado. Mas às vezes, quando se dança, por exemplo, o plano ou o dever se perdem e se vive por um instante de maneira inteiramente diferente. A pessoa se sente como se estivesse sozinha no mundo ou como se amanhã pudesse estar morta e então tudo o que se é realmente sobe à superfície. Você, quando dança, infunde esse sentimento nos outros. É esse o seu segredo.

Andaram durante algum tempo com mais rapidez. Quando chegaram a uma ponta de terra que avançava pelo lago, pararam.

— Você é um homem estranho — disse ela. — Posso compreender algumas coisas que diz. Mas... o que você quer realmente de mim?

Ele baixou a cabeça e pareceu por um momento triste.

— Deve estar muito habituada a que as pessoas sempre queiram alguma coisa de você. Teresina, nada quero de você senão o que você mesma queira e tenha prazer em fazer. O fato de que eu a ame pode ser-lhe indiferente. Não há felicidade em ser amado. Cada qual ama a si mesmo e milhares se atormentam durante toda a vida. Não, não há felicidade alguma em ser amado. Mas amar é felicidade!

— Se eu pudesse, não teria dúvida em fazer qualquer coisa que lhe desse prazer — murmurou Teresina como se tivesse pena dele.

— Pode fazer isso se me permitir realizar algum desejo seu.

— Ah, que sabe você de meus desejos?

— Na realidade, não devia ter desejo algum. Já tem a chave do paraíso, que é a sua dança. Mas sei que, apesar disso, tem desejos e isso me faz feliz. Quero que saiba de uma coisa: aqui está quem terá prazer em realizar todos os seus desejos.

Teresina começou a pensar. Os seus olhos vigilantes ficaram penetrantes e frios. Que poderia ele saber dela? Como não chegou a uma conclusão, começou a falar cautelosamente:

— Meu primeiro pedido a você é para que seja honesto. Quem foi que lhe contou alguma coisa de mim?

— Ninguém. Não conversei com pessoa alguma a seu respeito. O que sei, e é muito pouco, ouvi de você mesma. Ouvi você dizer ontem que gostaria de ir jogar uma vez em Castiglione.

O rosto dela se franziu.

— Quer dizer então que ficou me escutando?

— É claro. E compreendi perfeitamente o seu desejo. Desde que nem sempre pode estar consigo mesma, procura excitação e entorpecimento.

— Oh, não, não sou tão romântica assim. O que eu procuro no jogo não é entorpecimento, mas pura e simplesmente dinheiro. Quero um dia ser rica ou, pelo menos, viver a salvo de preocupações sem que para isso tenha de me vender. Só isso.

— Parece muito lógico, mas eu não acredito. Mas seja como você quiser. Sabe muito bem que, no fundo, nunca precisará de se vender. Não falemos mais disso! Se quiser dinheiro, para jogar ou seja lá para o que for, aceite-o de mim. Tenho mais do que preciso, segundo penso, e não dou valor algum ao dinheiro.

Teresina afastou-se um pouco dele.

— Mal o conheço. Como posso aceitar dinheiro de sua mão?

Ele tirou de repente o chapéu como se estivesse sentindo alguma coisa e não respondeu.

— Que tem você? — perguntou Teresina.

— Nada, nada. Permita-me ir embora. Já falamos demais, além da conta mesmo. Nunca se deve falar tanto.

Ele se afastou no mesmo instante, sem ao menos despedir-se, e seguiu pela alameda como se fosse arrastado pelo desespero.

A dançarina ficou a olhá-lo com sentimentos contraditórios, espantada dele e de si mesma.

Não era, porém, o desespero que o arrastava e, sim, uma tensão insuportável e uma plenitude de emoções. Tornara-se de repente impossível para ele dizer ou ouvir mais uma palavra que fosse. Queria ficar sozinho, necessariamente sozinho, para pensar, escutando a si mesmo e a si mesmo analisando. A conversa com Teresina lançara-o num estado de verdadeiro espanto de si mesmo. As palavras tinham-lhe saído sem intervenção de sua vontade, como se o dominasse a violenta necessidade de comunicar as suas experiências e os seus pensamentos, de dar-lhes forma, de expressá-los, de dizê-los a si mesmo. Estava espantado de cada palavra que se ouvira dizer e cada vez mais tinha sentido que se estava embrenhando com as suas palavras em alguma coisa que não era mais simples e correta, como se procurasse explicar o inexplicável e de repente aquilo se tornara tão penoso para ele que tivera de parar.

Agora, porém, ao tentar recordar aqueles quinze minutos passados, sentia que o fato fora para ele alegre e grato. Era um passo à frente, uma libertação, uma confirmação.

A dúvida em que caíra todo o seu antigo mundo habitual tinha-o terrivelmente cansado e contristado. Havia experimentado a maravilha, o fato de a vida se tornar mais rica de sentido justamente quando se perdem todos os sentidos e significados. Mas de vez em quando assaltava-o a dolorosa dúvida de que esses momentos não fossem reais e não passassem de pequenas rugas na superfície do seu espírito fatigado e doente, sendo basicamente caprichos, pequenos estremecimentos nervosos. Agora já vira, na noite anterior e naquela manhã, que sua experiência era real. Tinha-se irradiado dele, transformando-o e atraindo outra pessoa para ele. A sua solidão estava quebrada e ele amava de novo, havia alguém a quem podia servir e dar prazer. Podia voltar a sorrir, a rir!

A onda passou por ele ao mesmo tempo como dor e como um deleite voluptuoso. Tremia de pura emoção e a vida ressoava nele como a arrebentação das vagas e tudo era incompreensível. Abriu bem os olhos e viu: árvores numa rua, fagulhas de prata no lago, um cão que corria, ciclistas — e tudo era estranho como um conto de fadas e quase por demais belo. Parecia que tudo havia saído novo em folha da caixa de brinquedos de Deus e tudo existia somente para ele, Friedrich Klein, e ele mesmo só existia para poder sentir aquela torrente de maravilha, de dor e de alegria que corria pelo seu ser. Havia beleza em toda parte, em cada montão de lixo no caminho, em toda parte havia profundo sofrimento, em toda parte estava Deus. Sim, tudo era Deus como ele sempre soubera, desde os tempos inimaginavelmente passados, quando sentia e procurava no seu coração ao dizer "Deus" e "Onipresente". Coração, não vás transbordar de plenitude!

Mais uma vez, de todos os esquecidos poços da memória, as recordações liberadas de sua vida acorreram incontáveis: de conversas, do tempo de seu noivado, das roupas que usara em criança, das manhãs de férias no tempo de estudante, e se dispunham em círculo em torno de alguns pontos fixos: o rosto de sua mulher, sua mãe, o assassino Wagner, Teresina. Lembrava-se de trechos de escritores clássicos e de frases latinas que o haviam impressionado nos seus tempos de escola e os versos tolos e sentimentais das canções populares. A sombra de seu pai erguia-se por trás dele e reviveu em pensamento o tempo da morte de sua sogra. Tudo o que havia recebido pelos olhos ou pelos ouvidos, tudo o que lhe chegara por intermédio das pessoas ou dos livros, todo o prazer e toda a angústia que nele tinham sido soterrados, tudo parecia estar de novo presente, ao mesmo tempo, animado de movimento e a girar juntamente sem ordem, mas cheio de sentido, tudo importante, tudo significativo, como se nada se tivesse perdido.

A pressão se tornou uma tortura, mas uma tortura que não se podia distinguir de um voluptuoso prazer. O coração lhe batia violentamente e as lágrimas lhe chegavam aos olhos. Sentia-se à beira da loucura, mas sabia que não ia ficar louco ao mesmo tempo que olhava para aquela nova paisagem mental da demência com o mesmo espanto e arrebatamento com que olhava para o passado, para o lago e para o céu. Aqui também tudo era encantado, harmonioso e cheio de sentido. Compreendia por que no espírito de alguns povos nobres a loucura era tida como sagrada. Compreendia tudo, tudo lhe falava e tudo lhe era revelado. Não havia palavras para isso; seria falso e inútil querer pensar ou compreender alguma coisa em palavras! Devia-se apenas estar com o espírito aberto e ficar preparado; podia-se então receber todas as coisas num interminável desfile como o da Arca de Noé; possuía-se tudo, compreendia-se tudo e unia-se a tudo.

A tristeza dominou-o. Oh, se todos os homens soubessem que podiam experimentar aquilo! Como as pessoas descuidadamente viviam e pecavam; como sofriam cega e desmedidamente! Não havia ele, ainda na véspera, se aborrecido com Teresina? Não tinha ele até a véspera odiado sua mulher, a quem acusava e responsabilizava por todas as tristezas de sua vida? Como tudo era triste, vazio e sem esperança! Entretanto, tudo era tão bom, tão simples, tão compreensível desde que se vissem as coisas de dentro, desde que se visse a essência que havia por trás de todas as coisas, desde que se visse Deus.

Aqui bifurcava-se um caminho para novos jardins de ideias e novas florestas de imagens. Se ele voltava para o futuro, o seu sentimento atual, centenas de sonhos felizes surgiam para ele e para todos. Sua vida passada, apática e sombria, não tinha de ser lamentada, acusada, nem julgada. Tinha de ser renovada e transformada no seu contrário e ser vista como plena de sentido, de alegria, de bondade e de amor. A graça que ele estava vivendo devia se irradiar e atingir os outros. Frases da Bíblia chegaram-lhe à lembrança juntamente com tudo o que ele sabia sobre os bem-aventurados e os santos. Era assim que as coisas sempre haviam começado para todos eles. Todos tinham andado pelo caminho áspero e sombrio como ele, acovardados e angustiados, até que chegara a hora da conversão e da iluminação. "No mundo tereis aflições", tinha dito Jesus a seus discípulos. Mas quem dominou a aflição não vive mais no mundo, mas em Deus, na eternidade.

Todos tinham ensinado isso, os sábios do mundo inteiro, Buda e Schopenhauer, Jesus, os gregos. Havia apenas uma sabedoria, apenas uma fé, apenas um pensamento: o conhecimento de Deus dentro de nós. Como isso era deformado e ensinado erradamente nas escolas, nas igrejas, nos livros e nas ciências!

O espírito de Klein voou com asas rápidas através dos reinos do seu mundo interior, do seu conhecimento, da sua educação. Também aqui, como em sua vida exterior, existiam bens e mais bens, tesouros e mais tesouros, fontes e mais fontes, mas cada qual em isolamento, morte e desvalia. Agora, porém, sob a ação do saber e da iluminação passava a haver ordem, sentido e forma dentro do caos, a criação começava e a vida e as conexões se estendiam de polo a polo. As afirmações de contemplação abstrusa tornavam-se compreensíveis, o obscuro se esclarecia e a tábua de multiplicação se transformava num conhecimento místico. Esse mundo também ganhava animação e resplandecia de amor. As obras de arte que ele havia amado na mocidade lhe ressoavam no espírito com novo encantamento. Viu então que a misteriosa magia da arte se abria com a mesma chave. A arte não era senão a contemplação do mundo em estado de graça, de iluminação. Arte era mostrar Deus por trás de todas as coisas.

Partiu flamante e abençoado pelo mundo afora. Cada galho em cada árvore participava de um êxtase, elevava-se mais nobremente, curvava-se mais delicadamente, era símbolo e revelação. Sombras violáceas de nuvens corriam pela superfície lisa do lago, com frágil doçura trêmula. Cada pedra se postava significativamente ao lado de sua sombra. Nunca o mundo tinha sido tão belo, tão profundo e tão sagradamente amável, ao menos desde os tempos misteriosos e lendários da infância. "Se não vos tornardes como crianças...", pensou ele, e sentiu que tinha voltado à infância e entrara no reino dos Céus.

Quando começou a sentir cansaço e fome, viu que já estava bem longe da cidade. Lembrou-se então de onde tinha vindo, de tudo o que acontecera e de que se separara de Teresina sem uma palavra de despedida. Na primeira aldeia, procurou uma estalagem. Sentiu-se atraído por uma pequena taverna rural, com uma mesa de pinho num jardinzinho sob um pé de louro-cereja. Quis comer, mas não havia senão pão e vinho. Perguntou se não podia ter uma sopa, ovos ou presunto. Não, não existiam tais coisas. As pessoas não pediam nada disso naqueles tempos difíceis. Tinha conversado primeiro com a estalajadeira e depois com uma velhinha que, sentada na soleira da porta da casa, remendava roupas. Sentou-se então no jardim à sombra de uma árvore frondosa com pão e um acre vinho tinto. No jardim vizinho, invisíveis atrás de uma parreira e de roupas estendidas na corda, ouviu as vozes de duas mocinhas que cantavam. De repente, uma palavra do canto lhe foi diretamente ao coração sem que entretanto a pudesse reter. Foi repetida no verso seguinte, era o nome de Teresina. A canção, parcialmente cômica, falava de uma Teresina. Compreendeu o que cantavam:

> *La sua mama alla finestra*
> *Con una voce serpentina:*
> *Vieni a casa, o Teresina,*
> *Lasc' andare quel traditor!*

Teresina! Como ele a amava! Como era maravilhoso amar!

Descansou a cabeça na mesa e cochilou, dormiu, acordou e voltou a acordar muitas vezes. Entardecia. A mulher que tomava conta da taverna apareceu e plantou-se diante da mesa, admirada do freguês. Klein colocou dinheiro em cima da mesa, pediu mais um copo de vinho e interrogou a mulher sobre a canção. Ela se mostrou amistosa, foi buscar o vinho e ficou perto dele. Ele a fez repetir os versos da canção e gostou muito de uma estrofe que dizia:

> *Io non sono traditore*
> *E ne meno lusinghiero,*
> *Io son' figlio d'un ricco signore*
> *Son' venuto per fare l'amore.*

A mulher disse que, se ele quisesse, poderia tomar sopa pois ela estava cozinhando para seu homem, que não devia tardar.

Comeu sopa de legumes e pão. O marido apareceu. A luz do poente iluminava os tetos de pedra cinzenta da aldeia. Pediu um quarto e lhe mostraram um quarto de grossas paredes de pedra nuas. Alugou-o. Nunca tinha dormido num quarto assim, que lhe parecia o covil num drama de ladrões. Saiu então a passeio pela aldeia, encontrou uma mercearia ainda aberta, comprou chocolate e distribuiu-o entre as crianças que enxameavam na rua estreita. As crianças correram atrás dele; os pais o cumprimentavam e todos lhe desejavam boa noite e ele correspondia cumprimentando todos, velhos e moços que estavam sentados nas soleiras das portas ou nos degraus diante das casas.

Pensou com satisfação no seu quarto na estalagem, naquele alojamento primitivo com jeito de caverna onde o reboco se desfazia nas paredes cinzentas nas quais nada se via de inútil, nem quadros, nem espelho, nem papel de parede, nem cortinas. Atravessou a aldeia crepuscular como numa aventura; tudo brilhava, tudo era cheio de secreta promessa.

Voltando à *osteria*, onde a pequena sala pública estava escura e vazia, viu uma luz que vinha de uma fresta, seguiu-a e entrou na cozinha. Esta parecia uma caverna de um conto de fadas. A luz escassa se derramava por um chão de ladrilhos vermelhos e, antes de chegar às paredes e ao teto, se dissipava na densa e quente escuridão, e da enorme e intensamente preta chaminé suspensa parecia fluir uma inesgotável fonte de escuridão.

A estalajadeira estava sentada ao lado da avó. As duas estavam sentadas curvadas, pequenas e fracas em tamboretes humildes e baixos, com as mãos pousadas nos joelhos. A mulher estava chorando. Ela e a avó não tomaram conhecimento da chegada de Klein. Ele se sentou à beira da mesa ao lado de restos de verduras. Uma faca brilhava fracamente à luz; panelas de cobre polido brilhavam vermelhas nas paredes. A mulher chorava; a velha murmurava palavras de consolo no seu dialeto. Compreendeu pouco a pouco que havia dissenção na casa e que o marido tornara a sair depois de uma discussão. Klein perguntou se o marido havia batido nela, mas não obteve resposta. Pouco depois, começou a proferir palavras de consolo. Disse que decerto o homem voltaria dentro em pouco. A mulher retrucou incisivamente: "Não, não voltará mais hoje e talvez não volte nem amanhã." Desistiu. A mulher sentou-se com o corpo mais empertigado. Ficaram todos sentados ali em silêncio e o pranto da mulher parou. Pareceu-lhe admirável a simplicidade de tudo aquilo, com uma ausência quase total de palavras. Tinha havido uma briga, ela ficara magoada e chorara. Mas isso havia passado. Restava ficar ali sentada e esperar. A vida continuava. Como acontecia com as crianças. Ou com os animais. O que era preciso era não falar, não complicar as coisas simples, não virar a alma pelo avesso.

Klein pediu à avó que fizesse café para os três. As mulheres reviveram. A avó botou prontamente gravetos no fogão. Houve um estalar de madeira que se quebrava, de papel, de fogo que pegava. Ao súbito clarão do fogo, viu ele o rosto da estalajadeira iluminado de baixo, ainda um pouco infeliz mas bem mais calmo. Olhava para o fogo, sorrindo de vez em quando. Levantou-se de repente, foi até a pia e lavou as mãos.

Sentaram-se então os três à mesa da cozinha e tomaram o café quente e forte, acompanhado de um cálice de licor de zimbro. As mulheres se animaram, contaram coisas e fizeram perguntas, ao mesmo tempo que se divertiam com o italiano difícil e cheio de erros de Klein. Ele tinha a impressão de já estar ali havia muito tempo. Era estranho ver como existia lugar para tantas coisas naqueles dias. Períodos inteiros e cortes intensos da vida se comprimiam numa tarde, cada hora parecia carregar todo o peso da vida. Pelo espaço de breves segundos, se acendia nele como um relâmpago o receio de que o cansaço e o declínio de sua vitalidade recaíssem sobre ele com força centuplicada e o secassem como a luz do sol seca uma gota de água numa pedra. Naqueles relâmpagos passageiros mas repetidos, ele se via viver, sentia e observava dentro do cérebro as oscilações aceleradas de um aparelho indizivelmente complicado e delicado que vibrava na execução de um milhar de tarefas, como um sensível mecanismo de relojoaria dentro de uma redoma, que a menor partícula de pó desarranjaria.

Ficou sabendo que o dono da casa arriscava o seu dinheiro em negócios incertos, passava muito tempo fora e tinha casos com outras mulheres. O casal não tinha filhos. Enquanto Klein com grande esforço tentava encontrar as palavras italianas para perguntas e informações simples, o delicado mecanismo de relojoaria trabalhava incansavelmente dentro de sua redoma, numa febre sutil, incluindo instantaneamente todos os momentos vividos nos seus cálculos e ponderações.

No devido tempo, levantou-se para ir dormir. Apertou a mão das duas mulheres e a mais jovem olhou-o penetrantemente enquanto a velha lutava com os bocejos. Subiu então a escada escura de degraus excepcionalmente altos. No quarto, encontrou água num jarro, lavou o rosto e sentiu falta por um momento do sabonete, dos chinelos e da camisa de dormir. Ficou durante quinze minutos à janela, apoiado no peitoril de granito. Despiu-se depois por completo e se deitou na dura cama. Os lençóis grosseiros encantaram-no e suscitaram uma enxurrada de agradáveis lembranças rústicas. Não era a coisa certa viver sempre assim num espaço entre quatro paredes de pedra, sem o ridículo acúmulo de papel de parede, enfeites e muitos móveis, sem essas coisas exageradas e basicamente bárbaras? Um teto sobre a cabeça para proteger da chuva, uma coberta simples sobre o corpo para resguardar do frio, um pouco de pão e de vinho ou de leite contra a fome, acordar de manhã com o sol, dormir ao escurecer... De que mais precisava o homem?

Mas logo que apagou a luz, a casa, o quarto e a aldeia desapareceram. Estava de novo à beira do lago com Teresina e falava com ela. Tinha dificuldade em lembrar-se da conversa daquele dia, sem saber ao certo o que dissera e julgando até que o encontro com ela talvez não passasse de um sonho, de uma ilusão de sua parte. A escuridão lhe fazia bem mas, Deus do Céu, onde iria ele acordar na manhã seguinte?

Acordou ao ouvir um barulho na porta. O trinco foi aberto bem devagar. Um fio de luz apareceu e hesitou diante da fresta da porta. Espantado e ao mesmo tempo compreendendo tudo, olhou para a porta ainda não de todo no presente. Então a porta foi inteiramente aberta e a estalajadeira apareceu com uma vela na mão, descalça e silenciosa. Ela olhou inquietamente para ele, mas Klein sorriu e lhe abriu os braços, profundamente surpreso e sem pensamentos. Ela então se deitou ao lado dele e os seus cabelos pretos se derramaram pelo áspero travesseiro.

Não disseram uma só palavra. Inflamado pelo beijo dela, ele a abraçou. Aquela súbita proximidade e o calor de um corpo de encontro ao seu peito, o estranho braço forte em torno do seu pescoço emocionaram-no estranhamente... Como lhe era desconhecido e estranho esse calor, como eram dolorosamente novos para ele o contato e o calor... Como vivera só, terrivelmente só, por tanto tempo só! Abismos e chamas infernais tinham-se aberto entre ele e o resto do mundo e ali estava agora aquele ser humano desconhecido, cheio de silenciosa confiança e necessitada de conforto, pobre mulher desprezada como ele fora durante anos um homem desprezado e intimidado, e ela se prendia ao seu pescoço, dava e recebia, tirando avidamente uma gota de prazer da aridez de sua vida, procurava-lhe sôfrega mas timidamente a boca, entrelaçava com os dele os dedos tristemente delicados e esfregava o rosto contra o dele. Ele se debruçou sobre o rosto pálido da mulher e beijou-lhe os dois olhos cerrados, ao mesmo tempo que pensava: ela crê que está recebendo e não sabe que está dando; fugiu para mim da sua solidão e nem suspeita da minha solidão. Só agora a via, porque tinha ficado na cozinha bem perto dela como um cego, via agora que ela possuía mãos e dedos longos e belos, ombros formosos e um rosto cheio de ansiedade pelo futuro e de uma desesperada fome de filhos e um conhecimento meio receoso de deliciosos meios e práticas de amor.

Viu também com tristeza que permanecera um garoto e um principiante no amor, resignado com a vida conjugal longa e morna, tímido mas sem inocência, ávido e entretanto com má consciência. Ainda quando ele se prendia com beijos sequiosos à boca e ao seio da mulher, e ainda quando sentia a mão dela pousada com ternura quase maternal em seus cabelos, já antecipava a decepção e a pressão em torno de seu coração. Sentia o horror da ansiedade que voltava e então, junto a ela, fluía de modo cortante dentro dele o pressentimento e o temor de não ser capaz de amar e de o amor só lhe poder trazer tormentos e sortilégios maléficos. Ainda antes que a breve tempestade de desejo tivesse passado, a ansiedade e a suspeita lançaram o olho mau sobre o seu espírito. Aborrecia-o que tivesse sido tomado ao invés de tomar e conquistar, e sentia o antegosto do asco.

A mulher saiu do quarto em silêncio levando a sua vela. Klein ficou deitado na escuridão e, já no meio da saciedade, se aproximava o momento, o terrível momento que ele temia dantes, nos breves relâmpagos que duravam segundos. A admirável música de sua vida nova só tangia nele agora cordas cansadas e desafinadas, e mil sensações de prazer tinham de ser pagas com exaustão e angústia. Com o coração a bater aceleradamente, sentiu todos os seus inimigos de emboscada a esperá-lo, a insônia, a depressão e os pesadelos. Os lençóis grosseiros lhe queimavam a pele e a noite se mostrava lívida pela janela. Era impossível ficar ali e sofrer indefeso todos os tormentos. Ali estavam de novo o sentimento de culpa e o medo, a tristeza e o desespero. Tudo o que ele havia sobrepujado, todo o seu passado, estava de volta. Não havia salvação.

Vestiu-se apressadamente às escuras, procurou diante da porta os sapatos poeirentos, desceu as escadas, saiu da casa e correu com as pernas cansadas e trôpegas por dentro da aldeia e da noite, com desprezo por si mesmo, perseguido por si mesmo, cheio de ódio a si mesmo.

4

Aflito e desesperado, lutava Klein com o seu demônio. O que aquela fase de seu destino lhe trouxera de novidade, de compreensão e de libertação se elevara, na embriagadora impetuosidade dos pensamentos e na clareza da visão daquele dia, a uma onda altíssima, em cuja crista julgara que ficaria para sempre, mesmo quando já começara a cair. Agora, tinha chegado ao fundo do vale e das sombras, embora ainda lutasse, embora ainda secretamente tivesse esperança. Mas se sentia profundamente ferido. Por um dia, um breve e resplandecente dia, ele conseguira praticar a arte simples que todas as folhas de relva conhecem. Por apenas um dia, amara-se a si mesmo, sentira-se unificado e completo e não dividido em partes hostis. Tinha amado a si mesmo e ao mundo e a Deus dentro de si e por toda parte não encontrara senão amor, aprovação e alegria. Se no dia anterior um ladrão o houvesse assaltado ou um policial lhe tivesse dado voz de prisão, isso teria sido também aprovação, sorriso e harmonia! E agora, em plena felicidade, caía de novo e se diminuía. Submetia-se a julgamento, embora no seu íntimo soubesse que todo julgamento era falso e tolo. O mundo que, durante um dia magnífico, fora cristalinamente claro e cheio de Deus, ficara de novo duro e pesado. Cada objeto passara a ter um sentido e todos os sentidos eram contraditórios. A inspiração daquele dia tinha murchado e morrido. Tudo fora um capricho, o caso com Teresina fora simples produto da imaginação e a aventura na estalagem uma história duvidosa e pouco recomendável.

Já sabia que o asfixiante sentimento só o abandonaria se ele deixasse de condenar-se e criticar-se, se ele deixasse de tocar com o dedo as feridas, as velhas feridas. Sabia que todo o sofrimento, toda a insensatez e todo o mal se transformariam no seu contrário, se ele pudesse reconhecer Deus em tudo isso, levando a sua procura até as raízes mais profundas, que se projetavam além da miséria e do bem-estar, além do bem e do mal. Sabia de tudo isso. Mas nada podia fazer, pois o espírito mau estava de novo com ele e Deus voltara a ser uma palavra bela e distante. Ele se odiava e desprezava e esse ódio chegava no tempo oportuno, caindo sobre ele tão involuntária e inexoravelmente quanto em outros tempos o amor e a confiança. E devia ser sempre assim! Experimentaria sempre a graça e as bênçãos para de novo sofrer sempre o maldito contrário e nunca ver sua vida seguir o caminho traçado por sua vontade. Como uma bola ou como um pedaço flutuante de cortiça, seria eternamente jogado de um lado para outro. Isso iria acontecer até que o fim chegasse, até que uma onda o derrubasse e ele fosse atingido pela loucura ou pela morte. Contanto que isso não demorasse!

Os amargos pensamentos tão conhecidos voltaram compulsivamente, juntamente com cuidados inúteis, ansiedades inúteis, acusações inúteis a si mesmo, cuja insensatez era um tormento a mais. Reapareceu-lhe uma ideia que tivera durante a sua recente viagem (tinha a impressão de que já haviam se passado meses): como seria bom jogar-se de cabeça embaixo de um trem! Apoderou-se avidamente da ideia como se estivesse inalando éter. Jogar-se de cabeça com tudo esmagado e reduzido a migalhas, envolvendo as rodas e estendendo-se pulverizado pelos trilhos. Na sua angústia, devorava essas visões. Com aprovação e um prazer voluptuoso, via e gozava a destruição completa de Friedrich Klein, sentia o coração e o cérebro rasgados, esparramados, esmagados, a cabeça dolorida rachada, os olhos doloridos arrancados, o fígado esmagado, os rins moídos, os cabelos desprendidos, os ossos, os joelhos e o queixo pulverizados. Fora isso que o assassino Wagner quisera sentir quando afogara em sangue a mulher, os filhos e a si mesmo. Era exatamente isso. Compreendia o homem tão bem! Ele mesmo era como Wagner, um homem de excelentes qualidades, capaz de sentir o divino, capaz de amar, mas sobrecarregado demais, ruminador de pensamentos demais, fácil demais de cansar, conhecedor demais de seus defeitos e doenças. O que poderia fazer neste mundo um homem como Wagner, como Klein? Havia sempre diante dos olhos o abismo que o separava de Deus, sempre a falha do mundo a estender--se pelo coração exausto gasto por aquele eterno anseio para Deus que tinha como resultado infalível a queda que podia um homem como Wagner, como Klein fazer senão apagar-se juntamente com tudo o que pudesse lembrá-lo e voltar para o útero sombrio do qual o inconcebível excluía para sempre e eternamente o mundo transitório das formas? Não, não havia outro caminho possível! Wagner tinha de riscar o seu nome do livro da vida. Talvez fosse inútil matar-se, talvez fosse até ridículo. Talvez estivessem absolutamente certas todas as pessoas respeitáveis que reprovavam o suicídio. Mas poderia haver qualquer outra coisa para um homem em tal situação que não fosse inútil, que não fosse ridícula? Não, nada. Muito melhor era colocar a cabeça sob as rodas de um trem, vê-la despedaçar-se e mergulhar deliberadamente no abismo.

Continuou a caminhar horas sem conta, sentindo os joelhos vergarem-se. Deitou-se durante algum tempo nos trilhos de uma estrada de ferro, para onde o caminho o havia levado, e chegou a dormir com a cabeça pousada no trilho de aço. Quando acordou, havia esquecido o que queria. Levantou-se e saiu cambaleando, com as solas dos pés a doer e com dores fulgurantes na cabeça, às vezes caindo, arranhado por espinhos, às vezes flutuando com leveza, às vezes tendo de dar os passos com grande esforço.

"Agora, o diabo já amadurece dentro de mim!", disse ele. Amadurecer! Cair no fogo entre tormentos, ser completamente assado como um caroço de pêssego, amadurecer, para poder morrer!

Uma centelha flutuou dentro das suas trevas e ele se apegou a ela com todo o ardor de sua alma alanceada. Era um pensamento que lhe dizia que era inútil matar-se, que era inútil matar-se naquele momento. Não adiantava exterminar-se, despedaçar o corpo membro a membro — era inútil. Mas seria bom e redentor sofrer, deixar-se fermentar para a maturidade entre lágrimas e sofrimentos, ser preparado para a forja entre golpes e dores. Depois disso, tinha-se o direito de morrer e, então, morrer era bom, belo e significativo, a maior bênção do mundo, mais venturosa do que qualquer noite de amor.

Consumido e completamente resignado a voltar para o útero para ser extinto, redimido, renascido. Só uma morte assim era madura e boa, só ela era uma morte nobre que tinha sentido; só nela havia salvação, só ela era a volta às origens. O desejo chorava dentro do seu coração. Onde estava o caminho difícil e estreito, onde estava a porta? Estava pronto. Com todo o tremor do seu corpo exausto e agitado, com a alma sacudida de penas.

Quando a manhã acinzentou o céu e o lago cor de chumbo despertou com o seu primeiro raio frio de luz prateada, estava o homem acossado num pequeno bosque de castanheiros, bem alto, sobre o lago e sobre a cidade, entre fetos e espíreas floridas e molhadas de orvalho. Com olhos apagados, mas sorridente, contemplou ele o estranho mundo. Tinha atingido o alvo de suas obsessivas andanças. Estava tão cansado que seu espírito aterrorizado se mantinha em silêncio. E o mais importante de tudo era que a noite havia passado. A batalha fora travada e um perigo estava superado. Vencido pela exaustão, caiu como se estivesse morto sobre os fetos e as raízes do chão, com a cabeça numa moita de vacínio. O mundo se dissolveu dos seus sentidos que se apagavam. As mãos se fecharam entre os fetos, o rosto e o peito se estenderam contra a terra e ele fechou os olhos como se fosse aquele o desejado derradeiro sono.

Num sonho, do qual depois só pôde lembrar-se de fragmentos, viu-se diante de uma porta, que parecia a entrada de um teatro. Num grande cartaz, havia letras enormes que diziam (isso não havia ficado esclarecido) *Lohengrin* ou Wagner. Entrou. Lá dentro, estava uma mulher que parecia a estalajadeira e também sua esposa. A cabeça da mulher estava deformada. Era grande demais e o rosto se transformou numa horrível máscara. Foi dominado por uma invencível repugnância por aquela mulher e lhe cravou uma faca no ventre. Mas outra mulher, que parecia um reflexo num espelho da primeira, atacou-o pelas costas e o agarrou pelo pescoço com unhas afiadas e fortes, tentando estrangulá-lo.

Ao despertar desse sono profundo, viu com espanto as árvores acima dele. Sentia-se entorpecido de ter dormido no chão duro, mas descansado. Com uma débil nota de temor, o sonho reverberou dentro dele. Pensou, rindo por um momento, como eram estranhos, ingênuos e sombrios os jogos da imaginação, ao lembrar-se da porta com o seu convite para entrar no "Teatro Wagner". Que ideia representar dessa maneira o seu relacionamento com Wagner! O espírito do sonho era cru, mas brilhante. Acertara bem no alvo! E parecia tudo saber. O teatro chamado "Wagner" não era ele mesmo, não era um convite para entrar em si mesmo, na terra estranha do seu verdadeiro eu? Wagner era então ele mesmo... Wagner era o assassino e o homem perseguido que havia dentro dele, mas era também o músico, o artista, o gênio, o sedutor, o homem que amava a vida, a sensualidade e o luxo — Wagner era o nome coletivo para tudo o que havia de reprimido, de subterrâneo, de abortado na vida de Friedrich Klein, ex-funcionário público. E *Lohengrin* — não era ele Lohengrin, o cavaleiro andante com a missão misteriosa que tinha de esconder seu nome? O resto não era claro. A mulher da máscara horrível do rosto e a mulher das unhas... O ato de cravar-lhe a faca no ventre lhe lembrava alguma coisa e ele esperava descobrir o que era — a disposição ao assassinato e ao perigo de morte se associava estranha e rudemente com a ideia de teatro, máscaras e espetáculos.

Ao pensar na mulher e na faca, viu claramente por um momento à sua frente o seu quarto conjugal. Pensou então nas crianças sem saber como pudera esquecê-las. Pensou nelas quando saíam das caminhas todas as manhãs, ainda em camisolas de dormir. Os nomes deles vieram-lhe ao espírito, especialmente o de Elly. Oh, as crianças! As lágrimas lhe correram lentamente pelo rosto insone. Sacudiu a cabeça, levantou-se com esforço e começou a limpar as roupas amarfanhadas que tinham ficado cheias de folhas e de terra. Só então se lembrou claramente da noite passada, do quarto de paredes de pedra, na estalagem, da mulher estranha sobre seu peito, da fuga, da caminhada apressada. Contemplava esse trecho distorcido de sua vida como um doente olharia a mão atrofiada ou um eczema na perna.

Em contida tristeza, com as lágrimas ainda a aflorarem-lhe aos olhos, murmurou em voz baixa: "Deus, que é que ainda me reservas?" Dos pensamentos da noite, só uma voz ansiosa continuava a ressoar dentro dele: o desejo de maturidade, de volta às origens, de permissão para morrer. Teria de andar ainda muito? As origens ainda estavam remotas? Haveria mais sofrimentos à sua espera, sofrimentos ainda inconcebíveis? Estava preparado para isso. Oferecia-se. O destino podia golpeá-lo!

Caminhando devagar, desceu para a cidade por entre campos e vinhedos. Foi para o hotel, lavou-se, penteou-se e trocou de roupa. Foi almoçar, bebeu um pouco do mesmo vinho bom e sentiu o cansaço deixar-lhe o corpo, gerando pensamentos agradáveis. Perguntou quando era que começavam as danças no Jardim das Rosas e foi para lá na hora do chá.

Teresina estava dançando quando ele entrou. Klein viu de novo o curioso sorriso que a dança provocava nela e se alegrou com isso. Cumprimentou-a quando ela voltou à mesa e foi falar com ela.

— Quero convidá-la a ir a Castiglione comigo esta noite — disse ele com voz calma.

Ela pensou um pouco.

— Hoje mesmo? Por que tanta pressa?

— Posso esperar, se quiser. Mas seria ótimo. Onde vamos encontrar-nos?

Ela não resistiu ao convite, nem ao riso jovem que brilhou por um momento no rosto triste do homem, conferindo-lhe uma estranha beleza, como um papel de parede vistoso que alegra a última parede de uma casa incendiada e em ruínas.

— Onde foi que esteve? — perguntou ela curiosamente. — Afastou-se tão repentinamente ontem. E cada vez que o vejo está com um rosto diferente. Escute, você será por acaso um viciado em drogas?

Ele riu com um riso estranhamente belo e alheio. A boca e o queixo pareceram completamente jovens, enquanto a coroa de espinhos lhe continuava na fronte e nos olhos.

— Por favor, apanhe-me perto das nove horas no restaurante do Hotel Esplanade. Se não me engano, há uma lancha que parte às nove horas. Mas que foi mesmo que fez desde ontem?

— Creio que caminhei a maior parte do dia e quase toda a noite. Tive de consolar uma mulher numa aldeia, que foi desprezada pelo marido. Depois, tive muito trabalho em aprender uma canção italiana que fala de uma Teresina.

— Como é a canção?

— É uma que começa com o verso: *Su in cima di quel boschetto*.

— Não me diga que já sabe essa coisa horrível. Está fazendo furor entre as caixeiras.

— Mas achei a canção muito bonita.

— E consolou uma mulher?

— Sim, ela estava triste porque o marido tinha saído de casa e não lhe era fiel.

— Compreendo. E que foi que fez para que ela se sentisse melhor?

— Ela me procurou quando não pôde mais ficar sozinha. Beijei-a e ela se deitou comigo.

— Era bonita?

— Não sei, não pude vê-la bem. Não, por favor, não ria disso. Foi uma coisa tão triste...

Ela riu de qualquer maneira.

— Você é muito engraçado. Quer dizer então que não dormiu. Está com cara disso.

— Oh, não, dormi durante várias horas. Nos bosques, no alto da montanha.

Ela seguiu a direção do dedo dele que apontava para o teto e riu ainda mais alto.

— Numa hospedaria?

— Não. Nos bosques. Entre os fetos e os vacínios. Estão quase maduros.

— Você é um sonhador. Mas eu tenho que dançar... O maestro já está chamando. Onde está você, Claudio?

O belo dançarino de cabelos pretos estava de pé atrás da cadeira dela. A música principiou. Quando o número de dança terminou, Klein saiu.

Foi procurá-la pontualmente e ficou satisfeito de ter vestido o smoking. Teresina estava festivamente vestida com um vestido violeta todo enfeitado de rendas. Parecia uma princesa.

Levou-a não para a lancha do hotel, mas para uma bela embarcação que alugara para aquela noite. Embarcaram e no camarote meio aberto havia cobertores e flores para Teresina. A lancha fez uma curva e partiu do cais para o lago.

Na água, cercados pela noite e pelo silêncio, ele disse:

— Não acha uma pena irmos para um lugar onde há tanta gente, Teresina? Se você quiser, poderemos ir por aí sem destino, por tanto tempo quanto nos agrade, ou parar em alguma aldeia bela e tranquila, beber um pouco do vinho da terra e ouvir as moças cantarem. Que é que acha?

Ela não respondeu e ele viu a decepção estampada em seu rosto. Riu.

— Foi apenas uma sugestão que eu fiz. Perdoe-me. Quero que você se divirta e faça apenas o que lhe dá prazer. É esse o nosso programa. Dentro de dez minutos estaremos lá.

— Não se interessa pelo jogo? — perguntou ela.

— Veremos. Tenho primeiro de experimentar. No momento, não percebo muito bem o interesse do jogo. Pode-se ganhar ou perder dinheiro. Creio que há sensações mais fortes.

— O dinheiro que se joga não é apenas dinheiro. É mais ou menos um símbolo. Quem joga perde ou ganha não apenas dinheiro, mas todos os desejos e sonhos que o dinheiro lhe pode proporcionar. Para mim dinheiro significa liberdade. Se eu tiver dinheiro, ninguém mais poderá me dar ordens. Viverei como quero. Poderei dançar onde e quando quiser e para alguém de quem eu goste. Viajarei para onde bem entender.

Ele a interrompeu:

— Como você é infantil, minha cara. Não há uma liberdade assim, salvo nos seus desejos. Se você ficar rica, livre e independente, gostará depois de amanhã de um homem que lhe tomará o dinheiro ou lhe cortará o pescoço durante a noite.

— Não diga coisas tão terríveis assim! Está bem, se eu fosse rica, viveria talvez com mais simplicidade do que vivo agora, mas procederia assim porque seria do meu agrado, volunta-

128

riamente e não porque fosse forçada a viver assim. Detesto ser obrigada a fazer as coisas. E veja, se eu agora arriscar meu dinheiro numa parada, todos os meus desejos participarão do jogo, quer eu ganhe, quer perca. Estarei jogando tudo o que para mim é valioso e desejável e há então um sentimento que de outra maneira é muito difícil de encontrar.

Klein olhava-a enquanto ela falava, sem dar muita atenção às suas palavras. Mesmo sem querer, comparava o rosto de Teresina com o rosto da mulher com quem havia sonhado no bosque.

Tornou-se inteiramente consciente disso quando a lancha entrou no porto de Castiglione e ele viu a placa de metal iluminada com o nome do lugar. Lembrou-se violentamente do cartaz que tinha visto em sonho com o nome Lohengrin ou Wagner. Era exatamente como o cartaz do sonho, do mesmo tamanho, também em cinza e branco e igualmente bem iluminado. Ficava ali o teatro que o esperava? Era ali que ia encontrar-se com Wagner? Percebeu então que Teresina se parecia com a mulher do sonho ou, melhor, com as duas mulheres do sonho, tanto a que ele apunhalara até a morte quanto a que o havia estrangulado com as mãos. Um arrepio de frio lhe correu pelo corpo. Estaria tudo aquilo relacionado? Estava ele sendo de novo conduzido por espíritos desconhecidos? E para onde? Para Wagner? Para o assassinato? Para a morte?

Teresina tomou-lhe o braço quando desembarcaram e assim, de braços dados, atravessaram a confusão barulhenta do pequeno cais, a aldeia até o cassino. Tudo ali tinha aquele ar de improbabilidade, aquele brilho meio excitante, meio cansativo, que os empreendimentos dos ambiciosos sempre adotam quando longe das cidades, perdidos nas paisagens tranquilas. Os edifícios eram grandes e novos demais, as luzes, excessivamente profusas; os salões, excessivamente rutilantes; as pessoas, animadas demais. Entre as montanhas altaneiras e escuras e o lago vasto e suave, aquele pequeno e denso enxame de abelhas de gente cobiçosa e farta se comprimia temerosamente, como se não tivesse certeza de que iria durar mais uma hora, como se a qualquer momento pudesse acontecer alguma coisa que varresse tudo. Das salas onde havia gente jantando e tomando champanhe vinha a música doce e inflamada dos violinos. Nas escadarias, entre palmeiras e fontes que jorravam, misturavam-se vistosas flores amontoadas e vestidos. Rostos pálidos de homens sobre os smokings, empregados atarefados de uniforme azul com botões dourados, servis e atentos, mulheres perfumadas com rostos meridionais pálidos e ansiosos, belos e mórbidos, e sólidas mulheres do Norte, enérgicas e conscientes, velhos que pareciam ilustrações dos livros de Turgenev e Fontane...

Klein sentiu-se mal e cansado logo que entrou no cassino. No grande salão de jogo, tirou do bolso duas notas de mil francos.

— E agora? — perguntou ele. — Vamos jogar juntos?

— Não, assim não tem graça. Cada um por si.

Ele lhe entregou uma das notas e pediu um mínimo de instruções. Logo que chegaram diante de uma mesa de jogo, Klein colocou a sua nota num número. A roleta girou; não sabia o que estava acontecendo, mas viu a sua nota ser levada. A coisa é rápida, pensou ele, e quis sorrir para Teresina. Não a viu mais ao lado dele. Estava diante de outra mesa e trocava o dinheiro. Foi até lá. Ela parecia pensativa, preocupada e atarefada como uma dona de casa.

Seguiu-a até outra mesa e observou-a. Ela conhecia bem o jogo e o observava com rigorosa atenção. Apostava pequenas quantias, nunca mais de cinquenta francos, ora aqui, ora ali, ganhou várias vezes, guardava as notas na sua bolsa bordada de pérolas e tornava a tirá-las.

— Como vão as coisas? — perguntou ele em dado momento. Ela pareceu não gostar da interrupção.

— Deixe-me jogar... Tudo vai dar certo.

Dentro em pouco, ela mudou de mesa e ele a seguiu sem que ela o percebesse. Uma vez que ela estava tão absorvida e nunca recorria a ele para coisa alguma, foi sentar-se num banco de couro encostado na parede. A solidão desceu em torno dele. Começou então de novo a pensar no seu sonho. Era muito importante compreendê-lo. Talvez não tivesse mais muitos sonhos assim. Podia ser que, como nos contos de fadas, fossem sugestões de espíritos bons. Podia-se ser chamado ou advertido duas ou três vezes. Se, apesar disso, a pessoa ficasse tão cega como sempre, o destino seguia o seu curso e não havia mais intervenção de qualquer poder amistoso. De vez em quando, olhava para Teresina e a via, ora sentada a uma mesa, ora de pé diante de outra. Os cabelos amarelos brilhavam destacadamente entre os smokings pretos.

Como ela faz durar uma nota de mil francos, pensou ele, aborrecido. Comigo foi muito mais rápido.

Houve uma vez em que ela lhe dirigiu um aceno. Em outra ocasião, uma hora depois, ela se aproximou dele, encontrou-o distraído e tocou o braço dele.

— Que é que está fazendo? Não está jogando?

— Já joguei.

— Perdeu?

— Perdi. Mas não foi muito.

— Ganhei um pouco. Jogue com meu dinheiro.

— Não, obrigado. Hoje, não vou mais jogar. Está se divertindo?

— Muito. Vou voltar para a mesa. Ou já quer ir embora?

Ela continuou a jogar. Aqui e ali, ele lhe via os cabelos cintilantes entre os ombros dos jogadores. Levou-lhe uma taça de champanhe e ele também tomou um pouco. Sentou-se de novo no banco de couro encostado na parede.

Qual seria o significado das duas mulheres em seu sonho? Elas tinham sido como sua esposa e também como a mulher da estalagem e como Teresina. Não conhecia outras mulheres, havia muitos anos que não conhecia. Tinha apunhalado uma das mulheres, revoltado com o seu rosto disforme e inchado. A outra o havia atacado pelas costas e tentara estrangulá-lo. Qual era a versão correta? Qual era a importante? Teria ele ferido sua mulher ou ela a ele? Teresina o destruiria ou ele a ela? Não lhe era possível amar uma mulher sem causar-lhe ferimentos e sem ser ferido por ela? Era essa a sua maldição? Ou era essa a regra geral? Acontecia isso a todos? Todo o amor era assim?

E que era que o relacionava com aquela dançarina? Teria amor por ela? Tinha amado muitas mulheres que jamais o souberam. Que era que o ligava a ela para ficar ali a vê-la embebida no jogo, como se se tratasse de alguma atividade séria? Como ela era pueril na sua ansiedade, na sua esperança. Como era sadia, ingênua e ávida de vida! Até que ponto ela o compreenderia se soubesse do desejo de morte dele, de sua ânsia de extinção, de volta ao seio de Deus? Talvez ela o amasse, talvez dentro em pouco fosse viver com ele, mas seria isso de algum modo diferente do que fora com sua mulher?

Não ficaria, para sempre e sempre, sozinho com os seus pensamentos mais íntimos?

Teresina interrompeu-o. Apareceu diante dele e pôs-lhe um maço de notas na mão.

— Guarde isto para mim, até depois.

Algum tempo depois — não sabia ele se muito ou pouco — ela voltou e pediu o dinheiro.

Está perdendo, pensou ele. Graças a Deus! Espero que isso acabe logo.

Pouco depois da meia-noite, ela voltou, contente e um pouco afogueada.

— Bem, vou parar. Coitado, você deve estar muito cansado. Vamos comer um pouco antes de voltarmos para casa?

Comeram num dos salões de jantar presunto, ovos e frutas e tomaram champanhe. Klein reanimou-se. Teresina transformou-se. Estava alegre e apenas um pouco e docemente embriagada. Klein sentiu a mudança. Ela teve de novo consciência de que era bela e estava bem-vestida. Sentia os olhos dos homens das mesas vizinhas voltados para ela. Klein também sentiu a mudança e viu-a de novo na sua aura de beleza e deliciosa sedução, ouviu de novo a nota de provocação e de sensualidade em sua voz e viu-lhe as mãos que emergiam muito brancas dentre as rendas e o pescoço cor de pérola.

— Como foi de ganhos? — perguntou ele, rindo.

— Não foi tão ruim, mas nada muito considerável. Cerca de cinco mil francos.

— Nada mau para começar.

— Decerto, mas vou continuar. Ainda não descobri o sistema exato. Tem de ser tudo de uma vez e não aos pouquinhos.

Ele quis dizer: "Deve então apostar de uma vez só e não aos pouquinhos." Mas, em vez disso, brindou com ela, bebeu à fortuna em grande escala, depois do que riram e conversaram.

Como ela era bela, como era sólida e simples no seu prazer. Uma hora antes, estava de pé junto às mesas de jogo, séria, ansiosa, com a testa franzida, cheia de raiva e de cálculos. Agora, parecia nunca ter tido uma preocupação na vida, como se nada soubesse de dinheiro, de jogo, de negócios, como se tudo o que ela conhecia fosse o prazer, o luxo e um fácil esvoaçar sobre a superfície irisada da vida. Seria tudo isso verdadeiro e genuíno? Também ele estava rindo, divertia-se e procurava a alegria e o amor com olhos ávidos — mas, ao mesmo tempo, havia dentro dele uma pessoa que não acreditava em nada daquilo, que olhava para tudo com suspeita e zombaria. Seriam diferentes as coisas para os outros? Sabia-se tão pouco, tão desesperadamente pouco das outras pessoas. Aprendia-se uma centena de datas de ridículas batalhas e os nomes de velhos reis ridículos quando se estava na escola. Liam-se diariamente artigos sobre impostos e sobre os Bálcãs. Mas das criaturas humanas nada se sabia. Se uma campainha deixava de tocar, se um fogão começava a desprender fumaça, se uma engrenagem numa máquina enguiçava, sabia-se imediatamente o que devia ser feito e agia-se com presteza; o defeito era encontrado e sabia-se como corrigi-lo. Mas o que havia dentro da pessoa, a mola-mestra secreta que era só o que dava sentido à vida, a única coisa dentro de nós que tem vida e é capaz de sentir prazer e dor, de desejar a felicidade e de experimentá-la — isso era desconhecido. Nada se sabia disso, absolutamente nada e, se a mola mestra falhava, não havia remédio. Não era tudo uma loucura?

Enquanto ele bebia e ria com Teresina, essas questões subiam e desciam em outras regiões do seu espírito, ora perto, ora longe da consciência. Tudo era duvidoso, tudo se engolfava em incertezas. Se ao menos soubesse de uma coisa: aquela incerteza, aquela aflição, aquele desespero em plena alegria, aquela pressão de pensar e interrogar existiam também em outros homens ou eram coisas reservadas apenas para ele, Klein, o excêntrico?

Descobriu que era bem diferente de Teresina, pois ela era infantil e primitivamente sadia. Aquela mulher, como todo o mundo e como ele mesmo anteriormente, contava sempre com um futuro, com o dia de amanhã e com o dia de depois de amanhã, com a duração. Do contrário, como poderia ela jogar e levar tão a sério o dinheiro? Mas com ele, como sabia intensamente, o caso era bem diferente. Para ele, por trás de cada pensamento e de cada sentimento, estava a porta aberta que levava ao nada. Sem dúvida, sentia o temor de muitas coisas: da loucura, da polícia, da insônia e do medo da morte. Mas tudo o que temia desejava e procurava ao mesmo tempo. Sentia-se cheio de ardente anseio e curiosidade em relação ao sofrimento, à destruição, às perseguições, à loucura e à morte.

"Mundo cômico", murmurou ele para si mesmo, referindo-se não ao mundo que o cercava, mas ao seu ser íntimo. Conversando, saíram da sala e do cassino, caminharam sob a luz fraca dos lampiões pela margem adormecida do lago, onde tiveram de acordar o mestre da lancha. Passou algum tempo até que a lancha estivesse pronta para partir e os dois esperaram lado a lado, transportados como por encanto do cassino brilhantemente iluminado e cheio da multidão variegada para o escuro sossego da margem deserta, com o riso ainda presente nos lábios ardentes mas já arrefecidos pela noite, pela proximidade do sono e pelo medo da solidão. Ambos sentiam a mesma coisa. Inesperadamente, deram-se as mãos, sorriram confusa e perdidamente na escuridão e tentaram leves carícias nas mãos e nos braços um do outro. O homem da lancha os chamou e eles embarcaram e se acomodaram no camarote. Com um gesto rápido, Klein trouxe a cabeça loura para si e para o ardor de seus beijos.

Afastando-o entre os beijos, ela aprumou o corpo e perguntou:

— Viremos de novo até aqui em breve?

Não pôde deixar de sorrir intimamente do fundo da sua exaltação amorosa. Os pensamentos dela ainda se concentravam no jogo; ela queria voltar e prosseguir nos seus negócios.

— Quando você quiser — disse ele amorosamente. — Amanhã, depois de amanhã, todos os dias, se quiser.

Quando ele sentiu os dedos a acariciarem-lhe a nuca, fulgurou em sua memória o terrível sentimento que experimentara no sonho quando a mulher vingativa lhe cravara as unhas no pescoço.

"Agora, devia ela matar-me de repente", pensou ele ardentemente. "Ou eu a ela."

Enquanto estendia a mão sobre o seio de Teresina, riu consigo mesmo. Era impossível para ele distinguir entre o prazer e a dor. Até o seu desejo, a sofreguidão que sentia pelo contato íntimo com aquela mulher bela e forte, era difícil de diferençar do temor. Desejava-a como um condenado à morte deseja o machado. Tudo estava ali, a flamante luxúria e a inconsolável tristeza; ambas ardiam, ambas explodiam em estrelas febris, ambas aqueciam, ambas matavam.

Teresina afastou-se levemente ao impacto de uma carícia mais ousada, juntou as mãos, encarou-o e perguntou meio ausente:

— Que espécie de homem é você? Por que é que eu o amo? Por que é que me sinto atraída por você? Você já é um pouco velho, e não é muito bonito. Como pode ser isso? Escute aqui, acho que você é um criminoso. Estou certa? Seu dinheiro não é roubado?

Ele procurou desvencilhar-se.

— Não fale, Teresina! Todo o dinheiro é roubado, toda a propriedade é injusta. Isso tem alguma importância? Todos nós somos pecadores, todos nós somos criminosos pelo simples fato de vivermos. Isso tem alguma importância?

— Que é então que tem importância? — perguntou ela.

— O importante é acabarmos de beber essa taça — disse Klein pausadamente. — Nada mais importa. Talvez este momento nunca mais se repita. Você quer ir dormir comigo ou prefere que eu vá para sua casa?

— Venha para minha casa — disse ela docemente. — Tenho medo de você, mas não posso deixar de ficar com você. Não me conte o seu segredo. Não quero saber de nada!

O barulho do motor da lancha cessou, despertando-a. Ela se afastou e ajeitou o vestido e os cabelos. A lancha atracou maciamente ao cais, enquanto as luzes dos lampiões se refletiam na água escura. Desembarcaram.

— Minha bolsa! — exclamou Teresinha depois de dar dez passos. Voltou para o cais, tornou a embarcar na lancha, encontrou a bolsa com o dinheiro em cima do banco, jogou uma das notas para o homem que a olhava desconfiado e voltou para os braços de Klein que a esperava no cais.

5

O verão começara de repente. Em dois dias quentes, transformara o mundo, adensara os bosques e enfeitiçara as noites. As horas quentes se comprimiam umas sobre as outras, enquanto o sol corria velozmente pelos seus semicírculos ardentes seguido pelas estrelas, a febre da vida crepitava e uma pressa silenciosa e sôfrega acossava o mundo.

Houve uma noite em que a dança de Teresina no salão das rosas foi interrompida pelos furiosos roncos da trovoada. As luzes se apagaram e rostos atônitos sorriram aos clarões brancos dos relâmpagos. As mulheres gritavam, os garçons berravam e as janelas batiam com a tempestade.

Klein levou imediatamente Teresina para a mesa a que ele estava sentado em companhia do velho comediante.

— Esplêndido! — disse ele. — Vamo-nos embora. Está com medo?

— Medo, não. Mas não quero que você fique comigo esta noite. Há três noites que você não dorme e o seu aspecto é terrível. Leve-me para casa e depois vá dormir em seu hotel.

Se tiver necessidade, tome um comprimido de Veronal. Você está vivendo como se quisesse suicidar-se.

Saíram. Teresina vestia um casaco emprestado por um garçom. Seguiram por dentro do vento forte, dos clarões dos relâmpagos e dos redemoinhos de pó levantados das ruas desertas. Fortes e jubilosos, os pesados trovões ressoavam através da noite convulsionada. De repente, a chuva começou a cair, inundando o pavimento, caindo furiosamente com soluços desprendidos sobre a folhagem densa do verão.

Encharcados e trêmulos, chegaram à casa da dançarina. Klein não foi para o hotel; não se falou mais nisso. Entraram ofegantes no quarto, tiraram rindo as roupas molhadas, enquanto pelas janelas palpitava a luz dos relâmpagos, e o vento e a chuva assaltavam as acácias.

— Não fomos mais a Castiglione — disse Klein. — Quando é que iremos?

— Iremos, sim, pode ter certeza disso. Você está entediado?

Ele a abraçou, ambos estavam febris e o lucilar dos relâmpagos brilhou em suas carícias. O ar frio da noite entrava em lufadas pelas janelas, trazendo o acre aroma das folhas e o cheiro pesado da terra. Depois do ardoroso combate amoroso, ambos adormeceram quase imediatamente. O rosto abatido de Klein descansava no travesseiro ao lado do rosto jovem de Teresina e os cabelos escassos e secos dele ao lado dos cabelos inteiramente em flor dela. Do lado de fora da janela, os últimos relâmpagos da tempestade brilharam, se esmaeceram e apagaram, enquanto um pouco de chuva ainda caía serenamente sobre as árvores.

Pouco depois da uma hora, Klein acordou, sem poder mais dormir, saindo de uma pesada e opressiva confusão de sonhos.

A cabeça latejava e os olhos doíam. Ficou durante algum tempo imóvel e de olhos abertos, tentando saber onde estava. Era noite e alguém respirava ao lado dele. Estava com Teresina.

Levantou-se lentamente. Os tormentos estavam voltando. Via-se condenado novamente a ficar deitado horas e horas, com o coração cheio de dor e de angústia, sozinho, sofrendo sofrimentos inúteis, pensando pensamentos inúteis, afligindo-se com aflições inúteis. Dos pesadelos de que havia despertado rastejavam para ele sentimentos viscosos, desgosto e horror, saciedade, desprezo por si mesmo.

Procurou a luz e ligou. A claridade fria se derramou sobre travesseiros brancos sobre a cadeira cheia de roupas. O vácuo escuro da janela se abria na parede estreita. As sombras caíam sobre o rosto de Teresina voltado para o outro lado; a nuca e os cabelos brilhavam.

Muitas vezes outrora, vira assim sua mulher deitada ao lado dele, enquanto ele, insone, lhe invejava o sono e amargava a zombaria que havia em seu respirar contente e saciado. Nunca se era mais completamente abandonado por alguma pessoa íntima do que quando essa pessoa dormia. E como tantas vezes antes, veio à ideia a imagem de Jesus a sofrer no Jardim das Oliveiras sufocado pela angústia da morte, enquanto os discípulos dormiam e mais dormiam.

Puxou com cuidado o travesseiro para mais perto dele, trazendo também a cabeça de Teresina. Viu-lhe então o rosto, o sono tão estranho, tão voltado para si mesmo e tão afastado dele. Um ombro e um seio estavam à mostra. Sob o lençol, o ventre se arredondava a cada respiração. Era curioso, pensou ele, que, em palavras de carinho, em poemas e em cartas de amor, se exaltassem tanto os doces lábios e os rostos das mulheres, sem falar da barriga e das pernas. Pura fraude! Contemplou Teresina durante muito tempo. Com aquele belo corpo, aqueles seios, e aqueles braços e pernas brancos, fortes e sadios, ela poderia tentá-lo ainda muitas vezes, extrair dele toda a volúpia que quisesse e depois descansar e dormir, profundamente saciada, sem dores, sem angústias, sem preocupações, bela, apática e obtusa, como um sadio animal adormecido. E ele ficaria deitado ao lado dela, sem poder dormir, com os nervos em farrapos e o coração cheio de tormento. Quantas vezes mais? Quantas vezes mais? Não, muitas vezes mais não, talvez nunca mais. Teve um sobressalto. Sabia ao certo que nunca mais!

Gemendo, fez pressão com o polegar nas órbitas, no lugar entre os olhos e a testa onde estava concentrada aquela dor diabólica. Wagner devia sentir também essas dores, seu mestre Wagner. Devia ter sentido aquelas dores loucas durante muitos anos, suportando-as com a ideia de que elas o aproximavam de Deus quando na verdade não passavam de torturas inúteis. Até que um dia não pôde mais suportá-las como ele, Klein, não podia mais suportá-las. As dores eram o mínimo, sem dúvida. Os pensamentos, os sonhos, os pesadelos eram muito piores! Por fim, uma noite, Wagner se levantara e vira que não tinha mais sentido amontoar noites e mais noites de tortura, que não o levavam para perto de Deus, e empunhara a faca. Talvez fosse inútil, talvez fosse insensato e ridículo da parte de Wagner matar. É claro que os que não lhe conheciam os tormentos não lhe tinham experimentado as dores, não podiam compreender.

Ainda recentemente, ele, Klein, esfaqueara uma mulher em sonho só porque não tinha conseguido tolerar-lhe o rosto disforme. Mas sem dúvida todo o rosto que se amava era disforme e terrivelmente contorcido quando deixava de mentir, quando se calava, quando dormia. Via-se então o rosto a fundo e não se encontrava nele o menor indício de amor como também não encontrava amor no próprio coração quando olhava bem no fundo. Havia apenas ânsia de viver e medo e desse temor, do estúpido temor pueril do frio, da solidão e da morte, duas pessoas corriam uma para a outra, beijavam-se, abraçavam-se, juntavam os rostos, entrelaçavam as pernas e lançavam novas criaturas no mundo. Era sempre assim. Era assim que tinha outrora acontecido com sua mulher. Por isso é que a mulher do estalajadeiro na aldeia tinha ido procurá-lo, certa vez, no início de seu caminho atual, num quarto de frias paredes de pedra, descalça e silenciosa, tangida pela angústia, pela ânsia de viver, pela necessidade de consolo. Fora por isso também que ele se aproximara de Teresina e ela dele. Era sempre o mesmo instinto, o mesmo anseio, a mesma ilusão. E havia sempre a mesma decepção, o mesmo acerbo sofrimento. Julgava-se estar perto de Deus e tomava-se uma mulher nos braços. Julgava-se que se havia conseguido harmonia e nada se fizera senão transferir a própria culpa e a própria tristeza para outro ser futuro e distante! Tinha-se uma mulher nos braços e se lhe beijava a boca e se lhe acariciavam os seios gerando então uma criança, que algum dia seria enredada no mesmo destino e se veria deitada uma noite ao lado de uma mulher e despertaria do mesmo modo do turbilhão para contemplar o abismo com os olhos doloridos e amaldiçoar tudo. Era intolerável levar o pensamento até o fim!

Olhou com muita atenção o rosto da mulher que dormia, o ombro e o seio, os cabelos amarelos. Ali estava tudo o que lhe tinha dado prazer, tudo o que o seduzira, tudo o que o prendera, tudo o que lhe falara mentirosamente de amor e de felicidade. Agora, tudo estava acabado e chegara o momento do ajuste de contas. Havia entrado no teatro de Wagner. Compreendia agora por que todos os rostos, logo que a ilusão se esfumava, pareciam disformes e intoleráveis.

Klein se levantou da cama e saiu à procura de uma faca. Quando ia passando, roçou pelas meias cor de carne de Teresina na cadeira e, no mesmo instante, se lembrou dela como a vira pela primeira vez no parque, com o seu andar, os sapatos, as meias esticadas, sentindo por ela as primeiras emoções. Sorriu ligeiramente com malícia. Juntou então as roupas de Teresina, peça por peça, na mão. Depois de sentir-lhes o contato, deixou--as cair no chão. Reencetou então a sua procura. Havia, porém, momentos em que se esquecia de tudo. Encontrou o chapéu dele em cima da mesa. Tomou-o nas mãos sem pensar no que fazia, rodou-o, viu que estava molhado e colocou-o na cabeça. Foi até a janela, olhou para a escuridão lá fora, ouviu a chuva cair e isso lhe recordou tempos distantes e esquecidos. Que significava tudo aquilo para ele, janela, noite, chuva — tudo era como um velho livro de gravuras de sua infância.

De repente, ficou parado. Tinha um objeto na mão, que apanhara em cima de uma mesa, e olhou para ele. Era um espelho oval com cabo de prata e desse espelho um rosto olhava para ele. Era o rosto de Wagner. Era um rosto de louco disforme, com depressões fundas e sombrias, com feições contorcidas e irregulares. Era estranho que agora muitas vezes se visse inesperadamente ao espelho quando, dantes, passava anos sem que isso lhe acontecesse. Aquele espelho devia fazer parte também do Teatro Wagner.

Ficou parado e olhou demoradamente para o espelho. O rosto que havia pertencido a Friedrich Klein estava acabado e usado, tinha completado o seu tempo de serviço. O declínio gritava do fundo de cada ruga. Aquele rosto devia desaparecer, tinha de ser extinto. Era um rosto muito velho. Muita coisa se refletira nele, muita mentira e muita impostura. Muito pó e muita chuva haviam caído sobre ele. Fora outrora liso e belo. Ele o amara e cuidara dele, tivera alegria com ele e também muitas vezes o havia odiado. Por quê? Não podia mais compreender qualquer dessas emoções.

E por que estava ele ali agora naquele quarto estranho, com um espelho na mão e o chapéu molhado na cabeça como se fosse um palhaço? O que havia com ele? Que queria ele? Sentou-se na beira da mesa. Que teria ele querido? Que estava procurando? Estaria entretanto procurando alguma coisa, alguma coisa importante?

Ah, sim, uma faca.

Horrivelmente chocado, de repente deu um salto e correu para a cama. Curvou-se sobre o travesseiro e viu a mulher que dormia deitada entre os seus cabelos amarelos. Vivia ainda! Nada fizera ainda! O horror correu por ele como uma onda gelada. Meu Deus, chegara o momento! Estava acontecendo o que ele nas suas horas mais temíveis sabia que ia acontecer. Era aquele o momento! Ali estava ele, Wagner, diante da cama de uma mulher que dormia e procurava uma faca. Não, não queria! Ele não era louco! Graças a Deus, não era louco! Agora, tudo estava bem!

A paz desceu sobre ele. Vestiu-se descansadamente, as calças, o paletó, os sapatos... Agora, tudo estava bem.

Quando se encaminhava de novo para o outro lado da cama, pisou em alguma coisa macia. Ali estavam as roupas de Teresina no chão, as meias, o vestido cinza. Apanhou tudo cuidadosamente e arrumou em cima da cadeira.

Apagou a luz e saiu do quarto. À frente da casa, a chuva caía fria e quieta. Não havia uma luz, não havia uma só pessoa, não havia som algum. Só a chuva. Saiu com o rosto voltado para o alto e deixou que a chuva lhe corresse pela testa e pelas faces. Não podia ver o céu. Tudo estava muito escuro! Que prazer teria se pudesse ver uma estrela!

Foi descansadamente pelas ruas, logo encharcado pela chuva. Não encontrou ninguém, não viu sequer um cachorro. Não havia o menor sinal de vida no mundo. Chegando à margem do lago, passou por diante dos barcos, um a um. Estavam todos com as proas puxadas para a terra e presos com correntes. Só depois que chegara aos confins da cidade encontrou um barco amarrado apenas por uma corda com um nó que podia ser desatado. Desamarrou o barco e colocou os remos nas forquetas. A margem ficou sem demora para trás, sumindo-se na névoa como se nunca tivesse existido. Só restava no mundo névoa, escuridão e chuva, lago enevoado, lago chuvoso, céu enevoado, céu chuvoso, tudo sem fim.

Bem ao largo no lago, recolheu os remos. A hora tinha chegado e ele estava contente. Dantes, nos momentos em que a morte lhe parecia inevitável, ele tivera prazer sempre em adiar tudo mais um pouco, adiar a coisa até o dia seguinte, dando mais uma oportunidade à vida. Não ia haver mais isso. Aquele pequeno barco era ele mesmo, era a sua vida pequena, limitada, artificialmente assegurada — mas em torno dele, havia a amplidão cinzenta, que era o mundo, que era o universo e Deus. Não era difícil deixar-se cair ali. Era até fácil e um ato alegre.

Sentou-se na borda do barco, com os pés pendentes sobre a água. Curvou-se lentamente para a frente, inclinou-se para a frente até sentir o barco deslizar sob o seu corpo. Estava no universo.

No pequeno número de momentos que ele ainda tinha para viver, concentrou-se muito mais experiência do que nos quarenta anos em que estivera a caminho daquele objetivo.

Começou assim: no momento em que ele caiu, quando por uma fração de segundo ficou entre a borda do barco e a água, ocorreu-lhe que estava cometendo suicídio, um ato infantil, coisa que não era má certamente, mas apenas cômica e um pouco leviana. A emoção de querer morrer e a emoção de morrer se fundiam dentro dele. A sua morte não era mais necessária, naquele momento já não o era. Era desejada, era bela e bem-vinda, mas não era mais necessária. Desde a rápida fração de segundo em que ele, com vontade completa e com a total abolição de toda a vontade, em absoluta entrega, se deixara cair da beira do barco no útero materno, nos braços de Deus — desde esse momento, a morte deixara de ter qualquer significação. Era tudo tão simples, tão admiravelmente fácil, não havia mais abismos, nem dificuldades. Toda a arte estava nisto: deixar-se cair. Esse pensamento brilhava através de seu ser como o resultado de sua vida: deixar-se cair! Desde que se fizesse isso, desde que de vez se desistisse, se capitulasse, se renunciasse de vez a todos os pontos de apoio, à terra firme debaixo dos pés, então só se ouvia a voz de comando dentro do coração e tudo se ganhava, tudo era bom e não havia mais angústia, nem perigo.

Conseguira a coisa grande e única: deixara-se cair! O fato de que ele se tivesse deixado cair na água e na morte não tinha sido necessário; poderia do mesmo modo ter-se deixado cair na vida. Mas isso não interessava muito, não era importante. Viveria, voltaria. Mas então não precisaria mais do suicídio ou de qualquer desses estranhos desvios, de nenhuma dessas exaustivas e dolorosas extravagâncias, porque então teria superado a angústia.

Pensamento admirável: uma vida sem angústia! A angústia vencida seria bem-aventurança, seria redenção. A angústia o acompanhara durante toda a sua vida e naquele momento, quando a morte já o tinha em seu poder, não sentia mais nada, nem angústia, nem horror; apenas sorrisos, libertação e consentimento. Compreendeu de repente o que era a angústia e soube que ela só podia ser vencida por aqueles que a reconhecessem. Sentia-se angústia por mil motivos, em face da dor, da justiça, do próprio coração. Tinha-se um medo angustioso de dormir, de acordar, de ficar sozinho, de sentir frio, de ser atacado de loucura, da morte, principalmente da morte. Mas todas essas coisas eram apenas máscaras e disfarces. Na realidade, só se sentia medo e angústia de uma coisa: deixar-se cair, dar o passo para a incerteza, o pequeno passo para fora de qualquer segurança que pudesse haver. E quem se tivesse uma vez, uma única vez, abandonado, quem tivesse praticado o grande ato de confiança e se entregasse ao destino, estaria libertado. Ele não pertencia mais às leis da terra; caíra no espaço e era levado pela dança das constelações. Era assim. Tudo era tão simples que até uma criança podia compreender e saber.

Não pensou nessas coisas como se fossem pensamentos. Viveu-as, sentiu-as, tocou-as, cheirou-as e provou-as. Provava, cheirava, via e compreendia o que era a vida. Viu a criação do mundo e o declínio do mundo, como dois exércitos que se enfrentavam perpetuamente, sempre em movimento, sem nunca chegar a termo, eternamente em marcha. O mundo nascia constantemente e constantemente morria. Toda a vida era um sopro exaltado por Deus. Cada morte era um sopro aspirado por Deus. Quem aprendia a não resistir, a deixar-se cair, a morrer com facilidade nasceria sem dificuldade. Quem resistia, quem sentia angústia morria com dificuldade e nascia contra a vontade.

Na escuridão cinzenta da chuva sobre a noite no lago, o homem que se afogava viu o espetáculo do mundo refletido e representado: sóis e estrelas giravam para cima e para baixo; coros de homens e de animais, de espíritos e de anjos se defrontavam, cantavam, ficavam em silêncio, gritavam; procissões de seres vivos marchavam uns contra os outros, e cada qual não se compreendia e se odiava e procurava em todos os outros seres odiar-se e perseguir-se. O anseio de todos era a morte, e a paz e o seu objetivo era Deus, era voltar a Deus e permanecer em Deus. Esse objetivo criava angústia porque era um erro. Não era possível permanecer em Deus e não havia paz! Havia apenas o eterno, glorioso e sagrado ato de exalar e de aspirar, de assumir forma e ser dissolvido, de nascimento e de morte, de afastamento e de volta, sem pausa e sem fim. Por isso, só havia uma arte, só havia um ensinamento, só havia um segredo: deixar-se cair, não resistir à vontade de Deus e não se apegar a coisa alguma, nem ao bem, nem ao mal. O homem era então redimido e libertado do sofrimento e da angústia, só então.

A sua vida estava estendida diante dele como uma paisagem de florestas, vales e aldeias, vista do alto de uma montanha. Tudo tinha sido bom, simples e bom, mas tudo se havia transformado pela sua angústia, pela sua resistência em sofrimento e complexidade, em horríveis emaranhados e convulsões de miséria e aflição. Não havia mulher alguma sem a qual o homem não pudesse viver e não havia também mulher com a qual não se pudesse ter vivido. Não havia coisa alguma no mundo que não fosse tão bela, tão desejável e tão capaz de dar felicidade quanto o que lhe era contrário. Era uma bênção existir, era uma bênção morrer, enquanto se ficasse sozinho, suspenso no espaço. A paz que vinha de fora não existia. Não havia paz no cemitério, não havia paz em Deus. Nenhuma magia poderia interromper a eterna cadeia dos nascimentos, a eterna sucessão das respirações de Deus. Havia, porém, outra paz, que se encontrava dentro do próprio eu: deixar-se cair! Não resistir! Morrer com alegria! Viver com alegria!

Todas as figuras de sua vida estavam com ele, todas as faces do seu amor, todas as mudanças do seu sofrimento. Sua esposa era pura e sem culpa como ele, e Teresina sorria como uma criança. O assassino Wagner, cuja sombra tinha caído tão pesadamente sobre a vida de Klein, sorria diante dele seriamente e esse sorriso dizia que o seu ato fora também o caminho da redenção. Fora também uma respiração, fora também um símbolo e coisas como assassinato, sangue e atrocidades não eram coisas que realmente existissem, mas apenas avaliações de nossa alma atormentada por si mesma. Ele, Klein, havia passado anos de sua vida pensando no crime de Wagner, rejeitando e aprovando, condenando e admirando, desprezando e querendo imitar. Criara com esse crime intermináveis cadeias de sofrimentos, de angústias, de misérias. Cem vezes, cheio de terror, vira a sua própria morte, vira-se morrer no patíbulo, sentira a lâmina da navalha cortar-lhe o pescoço e a bala despedaçar-lhe as têmporas... E naquele momento em que estava morrendo, a morte que tanto temera era tão simples e tão fácil como se fosse alegria e triunfo. Nada no mundo se devia temer, nada era terrível — é só na nossa ilusão que criamos todo esse medo, todo esse sofrimento. Só em nossas almas angustiadas existem o bem e o mal, o que tem valor e o que não tem, o desejo e o temor.

A imagem de Wagner desapareceu muito ao longe. Ele não era Wagner, não era mais e não havia mais Wagner. Tudo fora ilusão. Wagner podia morrer! Klein viveria!

A água lhe chegou à boca e ele bebeu. De todos os lados, através de todos os seus sentidos a água fluía e tudo se dissolvia na água. Estava sendo puxado, aspirado. Ao lado dele, a comprimi-lo, tão compactas quanto as gotas de água, flutuavam outras pessoas; flutuava Teresina, flutuava o velho cantor, flutuava sua mulher, seu pai, sua mãe, sua irmã, milhares e mais milhares de outras pessoas e também quadros e edifícios, a Vênus de Ticiano e a catedral de Estrasburgo, tudo flutuava, tudo comprimido, numa imensa torrente que, impelida pela necessidade, corria cada vez mais depressa e mais alucinadamente e essa enorme torrente de formas corria para outra igualmente vasta, uma torrente de rostos, pernas, barrigas, de animais, flores, pensamentos, assassinatos, suicídios, livros escritos, lágrimas choradas, densa, densa, cheia, cheia, olhos de crianças, anéis de cabelos pretos e cabeças de peixe, uma mulher com uma longa faca rígida na barriga ensanguentada, um homem jovem que se parecia com ele, o rosto cheio de santa paixão, aos vinte anos, o desaparecido Klein do passado. Como era bom que também lhe tivesse chegado esse conhecimento, que o tempo não existisse. A única diferença que havia entre a velhice e a mocidade, entre Babilônia e Berlim, entre o bem e o mal, entre o dar e o tomar, a única coisa que enchia o mundo de diferenças, valores, paixões, contendas e guerras era o espírito humano, o jovem, impetuoso e cruel espírito humano na fase da mocidade turbulenta, ainda longe do conhecimento, ainda longe de Deus. O espírito inventava contradições, inventava nomes. Chamava algumas coisas de belas, outras de feias e para ele algumas coisas eram boas e outras más. Uma parte da vida era chamada de amor, outra de assassinato. Como era jovem, leviano e cômico esse espírito! Uma de suas invenções era o tempo. Uma bela invenção, um requintado instrumento para torturar o eu ainda mais intimamente e tornar o mundo múltiplo e difícil. Na verdade, o homem era separado de tudo o que desejava pelo tempo, apenas pelo tempo, essa absurda invenção. Era um dos pontos de apoio, uma das muletas que era preciso abandonar acima de tudo quando se queria ser livre.

A torrente universal das formas rolava, tanto a que partia de Deus como a outra, em sentido contrário, que ele aspirava. Klein viu seres que se opunham à torrente, levantando-se em temíveis convulsões e criando para si horríveis torturas: heróis, criminosos, loucos, pensadores, amantes, religiosos. Viu outros que como ele eram levados rápida e facilmente, na volúpia interior da entrega, do consentimento, felizes como ele. Dos cânticos dos bem-aventurados e dos incessantes gritos de tormento dos revoltados se elevava de ambas as torrentes universais uma esfera transparente ou uma cúpula de som, uma catedral de música. No meio, estava Deus, uma estrela luminosa invisível pelo seu próprio brilho, a quintessência da luz, cercado da música dos coros universais em ondas eternas.

Heróis e pensadores surgiram da corrente universal, com profetas e mensageiros. "Vejam! Este é o Senhor Deus e o

Seu caminho leva à paz", exclamou um e muitos o seguiram. Outro proclamava que o caminho de Deus levava à luta e à guerra. Um o chamou de luz, outro o chamou de noite; um de pai, outro de mãe. Um louvou-o como paz, outro como movimento, como fogo, como frio, como juiz, como consolador, como criador, como destruidor, como fonte do perdão e como vingador. Deus mesmo não Se dava nome algum. Queria ser chamado, queria ser amado, queria ser louvado, amaldiçoado, odiado, cultuado porque a música dos coros universais era o Seu templo e a Sua vida, mas não Lhe interessavam os nomes pelos quais fosse louvado, se era amado ou odiado, nem se em Seu seio se procurava repouso e sono, ou dança e furor. Todos podiam procurar. Todos podiam encontrar.

Ouviu então Klein a sua voz. Cantava. Numa voz nova, forte, clara e ressoante, cantava o louvor de Deus, a glória de Deus. Cantava ao mesmo tempo que flutuava na torrente impetuosa entre milhões de criaturas. Tornara-se um profeta e um mensageiro. O seu canto se elevava alto e claro ressoando na abóbada de música onde Deus estava. As torrentes rolavam estrondosamente.

O último verão de Klingsor

Prefácio

O pintor Klingsor passou o último verão de sua vida, quando tinha quarenta e dois anos de idade, naquelas regiões meridionais vizinhas de Pampambio, Kareno e Laguno que em anos anteriores amara e frequentemente visitara. Ali foram pintados os seus últimos quadros, paráfrases livres das formas do mundo fenomenal, aqueles quadros estranhos, luminosos e, apesar disso, tranquilos e sonhadores com árvores contorcidas e casas que pareciam plantas, que os conhecedores preferem às obras do seu período "clássico". Nessa época, a sua paleta se reduzia a algumas cores poucas e vívidas: cádmio amarelo e vermelho, verde veronese, esmeralda, cobalto, violeta-cobalto, cinúbrio francês e verniz gerânio.

A notícia da morte de Klingsor surpreendeu dolorosamente seus amigos no fim do outono. Muitas de suas cartas continham pressentimentos sinistros ou exprimiam os seus desejos de morte. Isso pode ter alimentado o rumor de que se suicidara. Outros rumores, tais como os que sempre cercam um nome controvertido, tinham tão pouca substância quanto esse. Muitos asseguravam que Klingsor estava mentalmente enfermo nos últimos meses e um crítico de arte meio míope tentara explicar a qualidade estranha e extática de seus últimos quadros na base dessa suposta loucura. Havia um pouco mais de fundamento na história — acompanhada de uma porção de anedotas — de que Klingsor era dado à bebida. Tinha certamente essa tendência e ninguém falava disso com mais frequência do que o próprio Klingsor. Em certas ocasiões de sua vida e, portanto, nos seus últimos meses também, não era apenas por alegria que bebia habitualmente. Procurava também deliberadamente afogar em vinho o seu sofrimento e uma melancolia às vezes quase intolerável. Li Tai Pe, poeta que escrevera os mais profundos cantos báquicos, era seu favorito e muitas vezes quando bebia chamava-se de Li Tai Pe e a um de seus amigos de Thu Fu.

As suas obras continuam vivas. E não menos viva está na lembrança de seu pequeno círculo de amigos íntimos a lenda de sua vida e daquele último verão.

Klingsor

Um verão apaixonado e cheio de vida intensa tinha começado. Os dias quentes e compridos passavam como bandeiras chamejantes, e as noites breves e quentes de lua eram seguidas de noites breves e quentes de chuva. Rápidas como sonhos sobrecarregados de imagens, passavam as semanas cintilantes e febris.

Depois da meia-noite Klingsor estava ao pequeno balcão de pedra do seu atelier, pouco depois de ter voltado de um passeio noturno. Abaixo dele, estendia-se profundo e vertiginoso o velho jardim em terraços, um emaranhado de sombras densas de grandes árvores, palmeiras, cedros, castanheiros, olaias, faias-de-folhas-vermelhas e eucaliptos, entremeados de trepadeiras, lianas e glicínias. Acima da escuridão das árvores, as grandes folhas lustrosas das magnólias de verão brilhavam palidamente, com as grandes flores alvíssimas escondidas entre elas, grandes como cabeças humanas, pálidas como a lua e o marfim. Da folhagem amontoada, um cheiro agridoce de limão subia até ele. Chegava-lhe também de uma distância indefinida a voz talvez de uma guitarra, talvez de um piano, não se podia saber. Nos quintais vizinhos, houve de repente o grito de um pavão, que se repetiu pela segunda e pela terceira vez, rasgando a noite silvestre com o tom breve, irritado e vegetal de seu grito atormentado, como se a tristeza de todo o mundo animal vibrasse rude e roucamente das profundezas. A luz das estrelas caía sobre o vale umbroso. Alta e abandonada, uma capela branca espiava da floresta interminável velha e encantada. Lagos, montanhas e céu se fundiam na distância.

Klingsor estava ao balcão em mangas de camisa, com os braços nus apoiados no peitoril de ferro e lia com um pouco de mau humor e com os olhos que ardiam o que as estrelas escreviam no céu pálido e na suave luminosidade das escuras massas enevoadas das árvores. O pavão lembrou-lhe que já era tarde da noite e que ele tinha de ir dormir a qualquer preço. Talvez, se ele pudesse durante várias noites seguidas dormir seis ou oito horas por noite, conseguisse recuperar-se, os seus olhos ficassem mais atentos e pacientes, o coração se acalmasse e as têmporas deixassem de doer. Mas já então o verão teria passado, aquele sonho demente de verão rebrilhante e com ele mil copos não bebidos seriam desperdiçados, mil olhares de amor invisíveis seriam despedaçados e mil quadros irrecuperáveis se apagariam sem que fossem vistos!

Descansou a testa e os olhos doloridos no frio peitoril de ferro e isso o refrescou por um momento. Talvez dentro de um ano, talvez antes, aqueles olhos estivessem cegos e o fogo no seu coração se extinguisse. Não, nenhum ser humano poderia por muito tempo aguentar aquela vida flamejante. Nem ele mesmo, Klingsor, que tinha dez vidas, podia. Ninguém podia por muito tempo viver com todas as suas luzes acesas, com todos os seus vulcões em erupção. Ninguém podia arder noite e dia, trabalhando febrilmente muitas horas por dia, com as noites cheias de pensamentos intensos, sempre gozando a vida, sempre criando, com todos os sentidos e nervos em brasa e alerta como um castelo por trás de cujas janelas a música ressoasse todos os dias, e milhares de velas brilhassem todas as noites. Era preciso que aquilo tivesse um fim. Já dissipara muita força, já consumira muito a vista, já fora muito sangrado da vida.

De repente, riu e espreguiçou-se. Muitas vezes já se tinha sentido assim, com os mesmos pensamentos e temores. Em todos os períodos bons, fecundos e ardentes de sua vida, mesmo na sua mocidade, vivera sempre assim, queimando a sua vela pelos dois lados, com um sentimento ora jubiloso, ora soluçante de feroz extravagância, de destruição, com uma desesperada avidez de beber a taça até o fim, com um profundo e secreto medo de chegar ao termo de tudo. Muitas vezes tinha assim vivido, muitas vezes já esvaziara a taça, muitas vezes ardera em altas chamas. Havia ocasiões em que esses períodos terminavam suavemente como uma profunda hibernação sem consciência. Em outras ocasiões, tinha sido terrível, numa devastação sem propósito, com dores intoleráveis, médicos, tristes renúncias e a vitória da fraqueza. E, sem dúvida, de cada vez o final de cada um desses períodos de intensidade tinha sido pior, mais triste, mais devastador. Mas havia sempre sobrevivido e depois de semanas ou meses da agonia ou do entorpecimento, a ressurreição se fizera sentir, com novo ardor, nova erupção do fogo subterrâneo, novas obras apaixonadas e novo e radioso delírio de viver. Sempre fora assim e os tempos de sofrimento e depressão, os intervalos angustiosos eram esquecidos e desapareciam. Era bom que fosse assim. E daquela vez acontecera o que já havia tantas vezes acontecido.

Pensou com um sorriso em Gina, a quem vira naquela noite e em torno de quem na sua longa caminhada noturna de volta para casa todos os seus pensamentos tinham meigamente girado. Como ela era bela e como era afetuosa em seu ainda inexperiente e tímido calor. Cheio de ternura, chamou-a baixinho divertidamente, como se estivesse a falar-lhe ao ouvido: "Gina! Gina! Cara Gina! Carina Gina! Bela Gina!"

Voltou ao quarto e tornou a acender a luz. De uma pequena pilha desarrumada de livros, tirou um volume de poemas de capa vermelha. Tinha se lembrado de alguns versos que lhe pareciam indizivelmente belos e apaixonados. Levou muito tempo a procurar até que os achou:

Não me deixes assim dentro da noite e da tristeza,
Tu que és a amada única e o meu rosto de lua!
Tu que és meu fósforo e minha vela,
Tu que és meu sol e minha luz!

Saboreou com profundo prazer o vinho forte dessas palavras. Como eram belas, ternas e mágicas "Tu que és o meu fósforo..." E: "Tu que és bela como a lua!..."

Sorrindo, passeou em frente às altas janelas recitando os versos endereçados à distante Gina: "Tu que és o meu rosto de lua..." E a sua voz estava carregada de carinho.

Abriu então a pasta que ainda levara consigo toda a noite, depois de um longo dia de trabalho. Abriu o caderno de desenhos, o pequeno, o que mais lhe agradava, e procurou as últimas páginas, que datavam daquele dia e do dia anterior. Ali estavam a montanha cônica e as fundas sombras dos rochedos. Ele a havia modelado de modo que se parecesse com um rosto grotesco e a montanha parecia gritar, com a boca escancarada de dor. Ali estava a pequena fonte de pedra, um semicírculo na encosta da montanha, com o seu arco de alvenaria cheio de sombras escuras e uma romãzeira em flor a esplender acima dela. Tudo isso estava ali para que apenas ele pudesse ler, escrita secreta para ele mesmo, notas ansiosas do momento, lembretes apressados de cada instante em que a natureza e o coração tinham tornado a bater unissonamente. Vinham então os esboços coloridos maiores, folhas em branco a ostentar trechos luminosos de aquarela: a vida vermelha perdida na floresta a brilhar intensamente como um rubi sobre veludo verde e a ponte de ferro de Castiglia, vermelha sobre a montanha verde-azul, a represa violeta ao lado e a estrada cor-de-rosa. Depois: a chaminé da olaria, o foguete vermelho sobre o verde das árvores frio e claro, marco azul de estrada, céu violeta-claro com nuvens espessas como que enroscadas. A folha era boa e podia ser conservada. Mas era uma pena o desenho da entrada do estábulo. O castanho-avermelhado contra o céu de aço estava bem; falava e tinha ressonância. Mas o desenho ficara incompleto. A luz do sol incidira sobre a folha e lhe provocara dores alucinantes nos olhos. Tinha depois banhado o rosto por muito tempo num regato. O castanho-avermelhado contra o azul-metálico e maligno do céu estava ali e era bom. Não havia o menor matiz errado ou a menor vibração omitida. Sem vermelho-indiano não seria possível conseguir aquele efeito. Nesse ponto é que estavam os segredos. As formas da natureza, as suas partes superiores e inferiores, a sua espessura e delgadeza podiam ser modificadas, podia-se renunciar a todos os meios comuns de imitar a natureza. Era possível também falsificar as cores; podia-se decerto acentuá-las, amortecê-las ou traduzi-las de cem maneiras. Mas quando se queria com a cor exprimir um fragmento da natureza era preciso que as cores estivessem no desenho com o máximo de exatidão no seu relacionamento, com as mesmas tensões que tinham na natureza. Nesse particular, o pintor ficava dependente, tornava-se um naturalista, ainda que usasse laranja em vez de cinza e carmim em vez de preto.

Por conseguinte, outro dia se perdera e o rendimento fora escasso. Apenas a folha com a chaminé da fábrica, o desenho em vermelho e azul da outra página e talvez o esboço com a fonte. Se no dia seguinte o céu estivesse encoberto, iria até Carabbina, onde havia o pátio com as lavadeiras. Se chovesse de novo, ficaria em casa e começaria o quadro do regato a óleo. E agora para a cama! Já passava de uma hora!

Chegando ao quarto, tirou a camisa e jogou água nos ombros, o que acabou molhando o chão de ladrilhos vermelhos. Depois, jogou-se na cama e apagou a luz. Pela janela, viu o pálido Monte Salute, cujas formas tinha mil vezes apreciado da cama. Do fundo da garganta cheia de árvores, uma coruja deu um pio profundo e vazio, como o sono e o esquecimento.

Fechou os olhos e pensou em Gina e no pátio com as lavadeiras. Deus do céu, quantas coisas o esperavam, quantas taças se lhe ofereciam. Nada havia na Terra que ele não devesse pintar. Não havia na terra mulher alguma a quem ele não devesse amar. Por que existia o tempo? Por que tinha de haver sempre essa idiota sucessão de uma coisa a outra e não uma simultaneidade ardente e capaz de saciar? Por que estava ele de novo sozinho ali na cama, como um viúvo, como um velho? Através da curta vida, podia-se ter prazer, podia-se criar, mas só se cantava uma canção depois da outra. Nunca se ouvia a sinfonia completa com a sua centena de vozes e instrumentos.

Muito tempo antes, quando tinha doze anos, fora Klingsor, o que tinha dez vidas. Os garotos brincavam de soldado e ladrão e cada ladrão tinha dez vidas. Sempre que um dos soldados tocava com a mão ou com o dardo um dos ladrões, este perdia uma vida. Podia-se ainda continuar no jogo e livrar-se dos soldados quando se tinham seis, três e até uma vida ainda. Só com as dez perdidas é que se estava fora. Mas ele, Klingsor, tinha como ponto de honra não perder uma só de suas dez vidas e se sentia desmoralizado quando saía da brincadeira com apenas nove ou sete vidas. Assim é que ele era quando garoto, naquele incrível tempo em que nada no mundo lhe era impossível, nada no mundo era difícil, todos o amavam, Klingsor comandava a todos e tudo lhe pertencia. Era assim que ele havia continuado a viver, sempre contando com dez vidas. E se jamais conhecera a saciedade e jamais ouvira a sinfonia completa, por outro lado nunca a sua canção fora monocórdica e pobre. Sempre tivera um pouco a mais do que os outros, alguns ferros a mais no seu fogo, algumas moedas a mais em sua bolsa e alguns cavalos a mais em sua carruagem. Louvado seja Deus!

Como era cheio e vibrante o silêncio do jardim à noite, como se fosse a respiração de uma mulher adormecida! Como gritavam os pavões! Como ardia o calor no seu peito, como seu coração batia, gritava, sofria, alegrava-se e sangrava. Afinal de contas, tinha sido um bom verão o que estava passando ali em Castagnetta. Vivia magnificamente naquelas nobres e velhas ruínas. A vista das costas das centenas de castanheiros que desciam a encosta era maravilhosa. Era belo descer de vez em quando daquele mundo nobre de floresta e castelo para olhar os alegres e pitorescos brinquedos lá embaixo e pintá-los em todo o seu jovial esplendor: a fábrica, a estrada de ferro, os bondes azuis, a coluna dos anúncios no cais, pavões que passavam empertigados, mulheres, padres, automóveis. E como era belo, doloroso e incompreensível o sentimento em seu peito, aquele amor e aquele palpitante anseio por toda a fita colorida e todo o farrapo de vida, aquele doce e compulsivo impulso de ver e dar forma e também secretamente ao mesmo tempo, finamente encoberto, o conhecimento íntimo da infantilidade e da inutilidade de tudo o que fazia!

A breve noite de verão se consumiu febrilmente. O vapor subiu das verdes profundezas do vale, a seiva ferveu em cem mil árvores, cem mil sonhos se agitaram no sono leve de Klingsor e sua alma atravessou o salão de espelhos de sua vida onde todas as imagens se multiplicavam e de cada vez encontravam novo rosto e nova significação e entravam em novas ligações como se um céu de estrelas fosse agitado num copo de dados.

Um sonho entre todos impressionou-o e encantou-o. Estava ele numa floresta e tinha uma mulher de cabelos vermelhos no colo, enquanto outra de cabelos pretos se apoiava no seu ombro e uma terceira, ajoelhada ao seu lado, segurava-lhe a mão e beijava-lhe os dedos. E por toda a parte em torno dele, viam-se mulheres e mocinhas, algumas crianças, com longas pernas esbeltas, muitas em flor, outras já maduras e com sinais de conhecimento e de cansaço nos rostos inquietos, e todas o amavam e queriam ser amadas por ele. Irrompeu então guerra e fúria entre as mulheres. A ruiva agarrou a morena pelos cabelos e jogou-a ao chão, mas foi também derrubada. Caíram umas sobre as outras e todas gritavam, todas arranhavam, todas mordiam, todas magoavam, todas sofriam. Risos, gritos de raiva e gemidos de dor se entrecruzavam e misturavam, enquanto o sangue corria abundantemente e as unhas se enterravam tirando sangue das carnes gordas.

Com um sentimento de tristeza e depressão, Klingsor acordou durante alguns minutos e abriu bem os olhos para o claro luminoso da parede. Os rostos das mulheres engalfinhadas surgiram aos seus olhos. Conhecia a muitas e chamou-lhes pelos nomes: Nina, Hermine, Elisabeth, Gina, Edith, Berta. Disse então numa voz rouca e que ainda fazia parte do sonho: "Parem com isso, meninas! Estão me enganando, estão querendo enganar-me: não devem se despedaçar umas às outras, mas a mim, a mim!"

Louis

Louis, o Cruel, caíra do céu. De repente, aparecera ali. Era o velho amigo de Klingsor, o errante, o imprevisível, que morava nos vagões da estrada de ferro e cujo atelier era a sua mochila. Boas horas pingavam do céu naqueles tempos e bons ventos sopravam. Pintavam juntos no Monte das Oliveiras e em Cartago.

— Não sei se toda essa história de pintar vale alguma coisa — disse Louis no Monte das Oliveiras, deitado nu na relva, com as costas queimadas de sol. — Você bem sabe, meu amigo, que só se pinta *faute de mieux*. Se você tivesse sempre no colo a pequena que lhe agrada e no prato a sopa de que está com vontade hoje, não pensaria nem por um instante nesse jogo infantil e sem sentido. A natureza tem dez mil cores e nós metemos na cabeça que podemos reduzir essa escala a vinte cores apenas. A pintura é isso. Nunca estamos contentes com o que fazemos e ainda por cima temos de ajudar os críticos a ganhar a vida. Por outro lado, uma boa *bouillabaisse* marselhesa, *caro mio*, acompanhada de um pouco de Borgonha morno, e depois um bom picadinho à milanesa, peras e gorgonzola de sobremesa e no fim um bom café turco... essa é que é a realidade, esses é que são os valores, meu caro senhor. Como se come mal aqui na sua Palestina! Gostaria era de estar numa cerejeira com as cerejas crescendo em minha boca e bem acima de mim numa escada a moça morena e forte que vimos hoje de manhã. Pare de pintar, Klingsor! Convido-o para comer em Laguno. Já está quase na hora.

— Está falando sério? — perguntou Klingsor, piscando os olhos.

— Claro que estou. Tenho apenas de ir correndo para a estação. Para dizer a verdade, telegrafei a uma amiga minha dizendo que estava à morte, e ela pode chegar no trem das onze.

Rindo, Klingsor tirou do cavalete o estudo que começara.

— Tem razão, rapaz. Vamos para Laguno. Mas vista a camisa, Luigi. Os costumes aqui são muito inocentes. Mas, infelizmente, você não pode aparecer nu na cidade.

Foram até a cidadezinha, chegaram à estação, uma bela mulher apareceu e eles foram comer muito bem num restaurante. Klingsor, que as tinha esquecido durante os seus meses na terra, duvidava de que existissem aquelas coisas amáveis e reconfortantes: trutas, presunto defumado, aspargos, Chablis, Dôle du Valais, Bénédictine.

Depois do almoço, embarcaram os três no funicular e subiram para a cidade alta, passando entre as casas, ao lado das janelas e dos jardins suspensos. Ficaram sentados, desceram e tornaram a subir e a descer. O mundo era estranhamente belo e raro, fortemente colorido, um pouco duvidoso, um pouco improvável, mas lindo. Klingsor, porém, sentia-se constrangido. Ostentava um ar de indiferença porque não queria apaixonar--se pela bela amiga de Luigi. Passaram por um café e foram para um parque, deserto àquela hora da tarde, e se deitaram perto da água sob as grandes árvores. Viram muita coisa que merecia ser pintada: casas vermelhas engastadas como pedras preciosas num fundo verde-escuro, serpentárias e fustetes laivados de azul e castanho.

— Você tem pintado muitas coisas deliciosas e alegres, Luigi — disse Klingsor —, de que eu gosto muito: paus de bandeira, palhaços e circos. Mas o que mais me agrada é um trecho apenas do seu carrossel noturno. Lembra-se? Acima da tenda violeta e longe de todas as luzes lá no alto, dentro da noite, há uma pequena bandeira fria, rosa-clara, tão fria, tão solitária, tão horrivelmente solitária! É como um poema de Li Tai Pe ou de Paul Verlaine. Naquela pequena bandeira rosa e ridícula concentra-se toda a desgraça e toda a resignação do mundo e todos os risos que merecem a desgraça e a resignação. Você justificou sua vida pelo simples fato de ter pintado essa bandeirinha, que considero uma das maiores realizações.

— Sim, eu sei que você gosta dela.

— Você gosta também. Veja, se você não tivesse pintado algumas dessas coisas, toda a boa comida, todo o vinho, todas as mulheres e todo o café de sua vida de nada valeriam, pois você não passaria de um pobre-diabo. Mas você é um rico diabo e um camarada simpático de quem todos gostam. Acontece, Luigi, que eu penso muitas vezes como você... Toda a nossa arte não é senão um substituto, um substituto penoso e dez vezes mais caro da vida dissipada, da animalidade dissipada, do amor dissipado. Mas na realidade não é assim. É muito diferente. Se considerarmos as coisas do espírito como simples substitutos da sensualidade perdida, estaremos subestimando as coisas dos sentidos. A sensualidade não vale um centil mais que a espiritualidade, e a recíproca é verdadeira. É tudo igual e tudo é igualmente bom. Quer se abrace uma mulher, quer se escreva um poema, é tudo a mesma coisa. Enquanto a coisa principal for o amor, o entusiasmo, a emoção, tanto faz ser um monge do Monte Atos ou um homem de sociedade em Paris.

Louis olhou para ele com olhos zombeteiros e disse:

— Rapaz, você está ficando muito floreado para mim.

Passearam pelas vizinhanças em companhia da bela mulher. Ambos eram muito bons em ver as coisas e bem podiam ser. Dentro do circuito de algumas vilas e aldeias, viam Roma, o Japão, os Mares do Sul e dissipavam as ilusões de novo com os dedos que brincavam. Os caprichos deles acendiam estrelas no céu e tornavam a apagá-las. Deixavam os seus globos de luz subir para a noite exuberante. O mundo era uma bolha de sabão, um espetáculo de ópera, um alegre disparate.

Louis voava na sua bicicleta através da região montanhosa, corria para aqui e para ali, enquanto Klingsor pintava. Klingsor sacrificava muitos dias, depois saía de casa obstinadamente e trabalhava. Louis não queria trabalhar. Desaparecia de repente com sua amiga e mandava de longe um cartão-postal. Subitamente reaparecia quando Klingsor já o dava por perdido e surgia à porta, de chapéu de palha e camisa aberta, como se nunca se tivesse ausentado. Mais uma vez, Klingsor bebeu o gole da amizade, da mais doce taça de sua juventude. Tinha muitos amigos e muitos o amavam; a muitos dera, e a muitos abria o seu coração impetuoso. Mas naquele verão apenas dois de seus amigos ouviram de seus lábios o velho grito de seu coração: Louis, o pintor, e o poeta Hermann, chamado Thu Fu.

Havia muitos dias em que Louis se sentava no seu banco de pintura à sombra da pereira ou da ameixeira e não pintava.

Ficava ali pensando, colocava papel no cavalete e escrevia, escrevia muito, escrevia muitas cartas. Serão felizes as pessoas que escrevem assim tantas cartas? Louis, o Despreocupado, escrevia terrivelmente, com os olhos colados ao papel durante horas. Muita coisa de que guardava silêncio se agitava dentro dele. Klingsor apreciava isso.

Mas Klingsor procedia de maneira diferente. Não podia ficar calado. Não conseguia esconder o que tinha no coração. As mágoas secretas de sua vida, das quais poucos sabiam, eram reveladas aos seus íntimos. Muitas vezes, sofria acessos de ansiedade e de melancolia, muitas vezes ficava preso num poço de trevas e as sombras de sua vida passada caíam sobre os seus dias, escurecendo-os. Nessas ocasiões, fazia-lhe bem ver o rosto de Luigi. E então comunicava-lhe muitas vezes os seus sentimentos.

Mas essas fraquezas não agradavam a Louis. Entristeciam-no e exigiam-lhe compaixão. Klingsor insistia em revelar seu coração ao amigo e só tarde demais percebeu que, com isso, o estava perdendo.

Louis começou de novo a falar em partir. Klingsor sabia que só conseguiria prendê-lo por alguns dias, talvez três, talvez cinco. Um dia, finalmente, Louis lhe mostraria as malas feitas e partiria, sem aparecer de novo durante muito tempo. Como a vida era curta e como tudo era irrevogável! O único de seus amigos que compreendia inteiramente a sua arte e cuja própria arte era próxima da sua e equivalente, ele o havia perturbado e alarmado, apenas por estúpida fraqueza e comodidade em vista da necessidade infantil e indelicada de livrar-se de problemas, não guardar segredos e de esquecer a própria dignidade. Como isso fora irrefletido e pueril! Assim Klingsor se julgava — tarde demais.

No último dia, passearam juntos pelos vales dourados. Louis estava de muito bom humor, pois a partida era o calor da vida para o seu coração de pássaro. Klingsor procurou ajustar-se à disposição do amigo e os dois encontraram o velho tom leve, brincalhão e zombeteiro e não o deixaram fugir. Sentaram-se à noite no jardim da taverna. Comeram peixe preparado especialmente para eles, arroz com cogumelos e derramaram marasquino sobre pêssegos.

— Para onde vai você amanhã? — perguntou Klingsor.

— Não sei.

— Vai viajar ao encontro daquela bela mulher?

—Sim. Talvez... Quem pode saber? Não faça tantas perguntas. Devemos agora, em despedida, beber mais um bom vinho branco. Proponho uma garrafa de Neuchâtel.

Beberam. E então Louis disse de repente:

— É muito bom que eu me vá embora, velho amigo. Às vezes, quando estou sentado ao seu lado, como agora, ocorre-me uma ideia completamente idiota. Penso que os dois pintores de que nossa velha terra pode se orgulhar estão sentados juntos e sinto então uma coisa esquisita nos joelhos e parece que estamos fundidos em bronze lado a lado num monumento, como o de Goethe e Schiller, sabe? Afinal de contas, os dois não têm culpa de estar condenados a ficar ali para sempre segurando as mãos de bronze um do outro e que pouco a pouco se tenham tornado tão odiosos e incômodos para nós. Talvez os dois tenham sido camaradas muito decentes e simpáticos. Li um dia uma peça de Schiller de que gostei muito. Entretanto, é isso o que está acontecendo a ele agora que é célebre. Tem de ficar junto do seu irmão siamês, cabeça de gesso contra cabeça de gesso, enquanto as suas obras completas são publicadas e estudadas nas escolas. É horrível. Pense só que daqui a cem anos um professor poderá dizer aos seus alunos: "Klingsor, nascido em 1877, e seu contemporâneo Louis, por alcunha o Glutão, renovadores da pintura, com a libertação do naturalismo das cores. No exame atento da obra desses dois artistas, encontramos três períodos claramente distintos..." Não! Prefiro hoje mesmo jogar-me debaixo de uma locomotiva!

— Seria muito melhor jogar os professores!

— Não há locomotivas tão grandes. Nossa tecnologia ainda é em pequena escala.

Já havia estrelas no céu. Louis de repente encostou o seu copo no copo do amigo.

— Muito bem, bebamos mais uma vez à saúde um do outro. Depois, montarei na minha bicicleta e adeus. Nada de longas despedidas. O jantar já está pago. *Prosit*, Klingsor!

Tocaram os copos e beberam. No jardim, Louis montou na bicicleta, deu adeus com o chapéu na mão e se foi. Noite, estrelas. Louis estava na China. Louis era uma lenda.

Klingsor sorriu tristemente. Como amava aquele pássaro migratório! Muito tempo ficou ele no caminho de cascalho da taverna, olhando para a rua vazia.

O dia em Kareno

Em companhia dos amigos de Barengo e com Agosto e Ersilia, Klingsor fez a viagem a pé até Kareno. Desceram de manhã bem cedo por entre as espíreas que cheiravam fortemente e as teias de aranha ainda molhadas de orvalho que tremiam na orla dos bosques, através da floresta quente e escarpada, para o vale do Pampambio, onde, entorpecidas pelo dia de verão, ao lado da estrada amarela e clara, as casas dormiam, curvadas para a frente e semimortas. Junto ao regato seco, os brancos salgueiros metálicos suspendiam as asas pesadas sobre os campos dourados. O colorido grupo dos amigos deslizou pela estrada através do verde enevoado do vale. Os homens estavam vestidos de branco e amarelo, em linhos e sedas, as mulheres em branco e rosa e a imponente sombrinha verde-veronese de Ersilia cintilava como uma joia num anel mágico.

O Doutor disse melancolicamente com a sua voz cheia de simpatia:

— É uma pena, Klingsor, mas suas admiráveis aquarelas estarão todas brancas dentro de dez anos. As cores que você prefere não são duradouras.

— É verdade, Doutor — disse Klingsor —, e ainda há coisa pior. Dentro de dez anos, seus belos cabelos castanhos estarão todos grisalhos e, ainda um pouco depois, nossos ossos belos e novos estarão debaixo de algum buraco na terra e também os seus ossos belos e sadios, Ersilia. Não vamos começar a ser sensatos tão tarde na vida. Como foi que Li Tai Pe disse, Hermann?

Hermann, o poeta, parou um instante e recitou:

A vida passa como um relâmpago,
Cujo brilho só dura o instante de ser visto.
Enquanto o céu e a terra estão eternamente imóveis.
A vida passa rápida e mutável pelo rosto do homem.
Ó tu, que estás ao lado da taça cheia sem beber,
Dize-me, que é que estás esperando?

— Não — disse Klingsor. — Estou falando em outros versos, que são rimados e falam em cabelos que de manhã são pretos...

Hermann disse prontamente os versos:

Pretos, pela manhã, brilhavam teus cabelos
E já os cobre a neve, ao triste fim do dia.
Se não queres em vida achar da morte os gelos,
Ergue a taça a pedir à lua companhia.

Klingsor riu e disse com sua voz um pouco rouca:

— Bravo, Li Tai Pe! Era um homem que tinha intuições e sabia de tudo. Nós também sabemos de muita coisa, ele é nosso sábio irmão mais velho. Um dia embriagador como este seria muito do seu agrado. É exatamente um dia lindo para morrer como Li Tai Pe morreu num bote sobre um rio calmo, ao cair da tarde. Como veem, tudo será admirável hoje.

— Qual foi a morte que Li Tai Pe teve no rio? — perguntou a pintora.

Mas Ersilia interveio com sua voz agradável e profunda:

— Parem com isso! Deixarei de gostar de qualquer pessoa que ainda disser qualquer palavra sobre morrer e morte! *Finisca adesso, brutto* Klingsor!

Klingsor se aproximou dela, rindo:

— Tem toda a razão, *bambina*. Se eu ainda disser uma palavra sobre a morte, pode vazar-me os olhos com a ponta dessa sombrinha. Mas, na verdade, está um dia maravilhoso, meus caros. Hoje, está cantando um pássaro que saiu de um conto de fadas. Já o ouvi hoje de manhã. Está soprando um vento, que é também de um conto de fadas, um filho do céu que desperta a princesa adormecida e tira o juízo das pessoas. E hoje desabrochou uma flor, ainda ela nascida de um conto de fadas, toda azul e que só nasce uma vez na vida. Quem a colhe ganha a felicidade.

— Ele quer dizer alguma coisa com isso? — perguntou Ersilia ao Doutor.

Klingsor a ouviu.

— Quero dizer apenas que este dia nunca mais se repetirá, e quem não o comer, beber, provar e cheirar nunca mais terá outra chance em toda a eternidade. Nunca mais o sol brilhará como hoje. É uma constelação no céu, uma conjunção com Júpiter, comigo, com Agosto, com Ersilia, com todos nós, que nunca mais haverá nem daqui a mil anos. Permita então que eu fique à sua esquerda, pois isso dá sorte, e leve a sua sombrinha cor de esmeralda, pois à sombra dela meu crânio brilhará como uma opala. Mas você deve também cantar alguma coisa, uma das melhores canções que você souber.

Tomou o braço de Ersilia. As suas feições fortes mergulhavam na sombra verde-azulada da sombrinha. Agradava-lhe a sombrinha e a sua luz agridoce o encantava.

Ersilia começou a cantar:

Il mio papa non vuole,
Ch'io spos' un bersaglier...

Outras vozes se juntaram à dela. Continuaram a andar em direção à floresta e entraram nela até que a subida se tornou difícil. O caminho subia como uma escada encostada à escarpa para o cume da montanha.

— Que maravilhosa linha reta a dessa canção! — exclamou Klingsor. — O papai é contra os que se amam, como em geral acontece. Eles conseguem uma faca bem afiada e matam o Papai. Este desaparece de cena. O ato é praticado à noite e ninguém o vê senão a lua, que não os trai, as estrelas, que são mudas, e o bom Deus que em breve os perdoará. Como é belo e sincero tudo isso! Um poeta de hoje em dia que escrevesse isso seria apedrejado!

Subiam o estreito caminho de montanha sobre o qual caía a sombra crivada de sol dos castanheiros. Quando Klingsor erguia os olhos, via diante do seu rosto as pernas esbeltas da pintora que brilhavam rosadas através das meias transparentes. Voltando-se para trás, passava sobre os cabelos pretos ondulados de Ersilia para a turquesa da sombrinha. Embaixo, ela estava vestida de seda violeta, a única nota escura entre todas as figuras.

Perto de uma casa de lavradores, azul e laranja, algumas maçãs verdes de verão, frias e ácidas, estavam caídas no campo e todos as provaram. A pintora falou com entusiasmo de um passeio pelo Sena em Paris antes da guerra. Ah, Paris, e a felicidade de viver naqueles tempos!

— Esses tempos não voltarão. Nunca mais!

— E não devem voltar! — exclamou o pintor ardorosamente, sacudindo a cabeça de falcão. — Nada deve voltar! Para quê? Tudo isso não passa de desejos infantis! A guerra deu a tudo o que havia dantes as cores do Paraíso, até as coisas mais idiotas, às coisas que bem poderíamos dispensar. Muito bem, a vida era bela em Paris, era bela em Roma, era bela em Arles. Mas é menos bela hoje e aqui? O Paraíso não é Paris, nem é o tempo de paz. O Paraíso é aqui, fica ali no alto da montanha e dentro de uma hora estaremos lá e seremos como o bom ladrão, a quem foi dito: "Ainda hoje estarás comigo no Paraíso."

Saíram da sombra mosqueada da floresta na larga e aberta estrada de carros que subia, iluminada e quente, em grandes espirais, para o cume. Klingsor, com os olhos protegidos pelos óculos verde-escuros, era o último do grupo e muitas vezes ficava ainda mais atrás para observar os outros que se moviam e ver as combinações coloridas que faziam. Nada tinha levado para trabalhar, de propósito, nem mesmo o pequeno caderno, mas, apesar disso, ficava uma porção de vezes parado com o coração emocionado pelas imagens. O seu corpo magro ficava isolado, branco sobre o vermelho da estrada, à beira de um bosque de acácias. O hálito do verão era quente na montanha, a luz caía perpendicularmente do alto e as cores se atenuavam subindo das profundezas. Nas montanhas próximas, cujos verdes e vermelhos se harmonizavam com as aldeias brancas, surgiam serras azuis; além delas, mais claras e mais azuis, mais e mais montanhas. Muito remotos e irreais alteavam-se os cumes cristalinos e coroados de neve. Acima das acácias e dos castanheiros, o imponente paredão rochoso e encurvado do pico do Salute se elevava avermelhado e violeta-claro. Mas o mais belo de tudo eram as pessoas, que como flores se destacavam à luz sob o verde. Como um gigantesco escaravelho brilhava a sombrinha esmeralda de Ersilia, o cabelo preto de Ersilia, embaixo a branca pintora esbelta com o seu rosto rosado e todos os outros. Klingsor absorvia tudo com os olhos sedentos, mas os seus pensamentos estavam voltados para Gina. Só depois de uma semana poderia revê-la. Ela ficava num escritório da cidade e trabalhava numa máquina de escrever. Era raro que conseguisse vê-la e quase nunca sozinha. E ele a amava, justamente ela que nada sabia dele, que não o conhecia e sabia apenas que ele era uma ave rara, um pintor estrangeiro famoso. Como era estranho que o seu desejo se apegasse a ela e que nenhum outro amor o satisfizesse! Ele não tinha o costume de seguir longos caminhos para chegar a uma mulher. Mas os seguia para aproximar-se de Gina, para passar uma hora junto dela, para segurar-lhe os dedinhos finos, para empurrar seu sapato sob os dela, para dar-lhe um beijo rápido na nuca. Pensava muito nisso, numa atônita dúvida. Já estaria na encruzilhada? Era a velhice que chegava? Ou era apenas o amor da maturidade, de um homem de quarenta por uma mulher de vinte?

Chegaram ao cume do monte e dali um novo mundo se lhes revelou ao olhar. O Monte Gennaro, alto e irreal, se erguia em pirâmides e cones escarpados e agudos, batido obliquamente pelo sol à retaguarda e com cada platô a brilhar como esmalte nas sombras violáceas. Entre o monte e o lugar onde estavam, o ar fervia e o estreito braço azul do lago repousava entre as chamas verdes da floresta.

Havia uma pequena aldeia no cume da montanha: uma granja com uma casa solarenga acanhada, quatro ou cinco casas de pedra pintadas de azul e rosa, uma capela, uma fonte, algumas cerejeiras. O grupo parou ao lado da fonte sob o sol. Klingsor, porém, continuou a andar e passou por um portão em arco, entrando numa granja cheia de sombras. Três casas azuis se erguiam, com algumas janelas estreitas. Havia entre as casas capim e cascalho, uma cabra e urtigas. Uma menina saiu correndo, mas ele a chamou e tirou chocolate do bolso. A menina parou. Klingsor a alcançou, fez-lhe um carinho e deu-lhe o chocolate. Era tímida e bela, muito morena e com os olhos pretos e assustados de um animal e pernas esbeltas e nuas, morenas e brilhantes. "Onde você mora?" A menina correu para a casa mais próxima cuja porta se abriu. De uma sala de pedra escura como uma caverna dos tempos primitivos emergiu uma mulher. Aceitou também chocolate. Das roupas sujas, levantava-se o pescoço moreno, o rosto largo e firme, belo e queimado de sol, a boca rasgada e cheia, os olhos grandes e um encanto rude e doce. As suas amplas feições asiáticas refletiam calma sexualidade e maternidade. Klingsor se inclinou sedutoramente para ela, mas a mulher o afastou rindo e colocou a menina entre eles. Ele saiu então, mas disposto a voltar. Queria pintar aquela mulher ou ser seu amante, nem que fosse por uma hora apenas. Ela era tudo: mãe, criança, amante, animal, madona.

Voltou devagar para onde estava o grupo, com o coração cheio de sonhos. No muro da propriedade, cuja casa estava deserta e fechada, estavam presas velhas e grosseiras balas de canhão. Uma escada caprichosa levava através de arbustos a um pequeno bosque numa elevação com um monumento no alto. Ali, barroco e isolado, via-se um busto com trajes do tempo de Wallenstein, com os cabelos em anéis e barba ondulada e pontuda. Espíritos e fantasmas flutuavam em torno da montanha à luz ofuscante do meio-dia. Coisas estranhas espreitavam dos cantos e o mundo parecia transportado para outra e bem remota clave. Klingsor bebeu água na fonte. Uma borboleta levantou voo perto e foi aspirar as gotas espalhadas na borda de pedra calcária da fonte.

O caminho da montanha seguia pela encosta sob castanheiros e nogueiras, ora ao sol, ora à sombra. Numa curva, havia uma capela à beira do caminho, velha e amarela, velhos quadros desbotados em nichos, uma cabeça de santa, de rosto angélico e infantil, com um fragmento de manto castanho e vermelho e o resto esfarelado. Klingsor apreciava muito esses velhos quadros, principalmente quando os encontrava assim inesperadamente, gostava daqueles afrescos e amava a maneira pela qual aquelas velhas obras voltavam ao pó e à terra.

Mais árvores, mais vinhas e a ofuscante estrada quente. Outra curva e de repente o lugar para onde iam surgiu inesperadamente: um portão em arco escurecido, uma grande igreja de pedra vermelha que se erguia alegre e conscientemente para o céu, uma praça cheia de sol, de pó e de paz, com uma relva queimada de sol que estalava sob os pés a luz do meio-dia refletida pelas paredes brancas, uma coluna com uma figura no alto, invisível na claridade que a envolvia, uma balaustrada de pedra em torno da praça sobre a imensidão azul. Atrás, ficava a aldeia Kareno, primitiva, estreita, sombria, sarracena, escuras cavernas de pedra sob desbotados tijolos vermelhos, ruas opressivamente estreitas e cheias de sombra como num sonho, pracinhas que de vez em quando se abriam ao sol, África e Nagasaki, acima da floresta, abaixo do abismo azul, acima das nuvens brancas e fartas.

— É cômico — disse Klingsor — ver de quanto tempo precisamos para conhecer um pouco o nosso caminho no mundo. Uma vez, quando eu ia para a Ásia há muitos anos, passei a noite num expresso a seis ou dez quilômetros daqui, sem nada saber deste lugar. Fui até a Ásia e naquele tempo era absolutamente necessário que eu fizesse isso. Mas tudo o que ali encontrei encontro hoje aqui. Floresta primitiva, calor, belas pessoas estranhas e sem nervos, muito sol e templos.

Gasta-se muito tempo aprendendo a visitar três continentes num só dia. Aqui estão eles! Boas-vindas, Índia! Boas-vindas, África! Boas-vindas, Japão!

Os amigos conheciam uma jovem senhora, que morava ali no alto, e Klingsor estava ansioso por encontrar-se com a desconhecida. Chamava-lhe a Rainha das Montanhas. Era o título de uma misteriosa história oriental num livro de sua infância.

Cheio de expectativa, o grupo atravessou as ruas estreitas e sombrias. Não havia uma só pessoa, nenhum som, nem mesmo uma galinha ou um cachorro. Mas na penumbra de uma janela, Klingsor viu de repente um vulto silencioso, uma bela moça de olhos pretos e com um belo lenço vermelho em torno dos cabelos pretos. O olhar dela, que estava à espera para surpreender o do desconhecido, encontrou o dele e ambos se encararam plena e seriamente, dois mundos estranhos que por um momento se aproximavam. Sorriram então por um instante, o eterno cumprimento dos sexos no fundo do coração, essa velha, doce e ansiosa inimizade. Com um passo em torno do canto da casa, o desconhecido desapareceu e foi guardado no cofre de esperanças da moça, uma imagem entre muitas imagens, um sonho entre muitos sonhos. No coração nunca saciado de Klingsor o leve espinho ficou a doer e ele por um momento pensou em voltar. Mas Agosto chamou-o, Ersilia começou a cantar. Um muro de sombras desapareceu e uma pracinha clara com dois palácios amarelos surgiu calma e ofuscante à luz enfeitiçada do meio-dia. Havia estreitas sacadas de ferro, cortinas cerradas, num majestoso cenário para o primeiro ato de uma ópera.

— Chegada a Damasco — exclamou o Doutor. — Onde mora Fátima, a pérola das mulheres?

A resposta chegou surpreendentemente do palácio menor. Da fresca sombra da porta semicerrada da sacada elevou-se um estranho tom, depois outro, depois foi repetido e uma oitava acima repetido dez vezes — estavam afinando um piano, um melodioso piano no centro de Damasco.

Devia ser ali que ela morava. A casa parecia, porém, não ter portas. Havia apenas o muro amarelo com duas sacadas e, no alto, perto do telhado, uma velha pintura na parede: flores azuis e vermelhas e um papagaio. Devia ter havido ali uma porta pintada e, quando se batia três vezes nela e se dizia "Chave de Salomão", a porta se abria e o visitante sentia o cheiro de óleos persas. Por trás de véus, sentava-se no trono a Rainha das Montanhas. Escravas se prosternavam nos degraus aos seus pés e o papagaio pintado voava aos gritos para o ombro da soberana.

Encontraram uma pequena porta numa rua transversal. Um sino barulhento, ligado a um mecanismo diabólico, soou estrepitosamente. Uma pequena escada, estreita como uma escada de mão, levava para cima. Era impossível imaginar como o piano havia entrado naquela casa. Pela janela? Pelo telhado?

Um grande cão preto apareceu correndo, seguido de um pequeno leão fulvo. Uma explosão de som; os degraus tremeram. No interior da casa, o piano tocou onze vezes o mesmo tom. Uma luz suave se derramou de uma sala pintada de rosa. Portas bateram. Havia ali um papagaio?

De repente, apareceu a Rainha das Montanhas, como uma flor esbelta e elástica, ereta e flexível, toda de vermelho, como uma flor de fogo, imagem da juventude. Ante os olhos de Klingsor, centenas de quadros amados se dispersaram e a nova imagem tomou-lhes radiosamente o lugar. Soube imediatamente que iria pintá-la não segundo a natureza, mas para reproduzir a radiação que sentia nela, a poesia, a encantadora e aguda ressonância: juventude, o vermelho, o louro, a amazona. Olharia para ela durante uma hora, talvez por muitas horas. Queria vê-la andar, vê-la sentar, vê-la rir, talvez vê-la dançar, talvez ouvi-la cantar. O dia tinha sido cumulado; o dia encontrara o seu sentido. Tudo mais que chegasse era dádiva pura, superfluidade. Era sempre assim com ele: uma experiência nova nunca vinha só. Os pássaros sempre voavam à sua frente, dando-lhe mensagem e prenúncios: o olhar materno asiático por trás daquela porta, a beleza morena da aldeia à janela e agora aquilo.

Por um segundo, sentiu-se estremecer: "Se eu fosse dez anos mais moço, dez breves anos apenas, ela me poderia ter, prender-me, enrolar-me em torno do dedo! Mas não, tu és muito jovem, pequena rainha vermelha, és jovem demais para o velho mago Klingsor! Ele quer admirar-te, quer conhecer-te de cor, quer pintar-te, quer desenhar para sempre o cântico de tua juventude! Mas não fará peregrinações por ti, não subirá escada alguma por ti, não cometerá assassínios por ti, não cantará serenatas diante do teu belo balcão! Não, nada disso fará por ti o velho pintor Klingsor, o velho tolo! Não te amará, não te lançará o mesmo olhar que lançou para a asiática, que lançou para a morena que estava à janela, que talvez nem um dia seja mais velha do que tu! Para ela, ele não é muito velho, mas o é para ti, Rainha das Montanhas, flor vermelha dos cumes! Para ti, cravo dos bosques, ele é velho demais! Não basta para ti o amor que Klingsor te pode dar entre um dia cheio de trabalho e uma noite cheia de vinho tinto. Tanto melhor, meus olhos te beberão, esbelto foguete, e tanto melhor te conhecerão muito depois de te teres apagado para mim!"

Através de salas pavimentadas de pedra e de arcos sem portas, chegaram a uma sala onde fantásticas figuras barrocas de gesso encimavam altas portas, e em torno da qual, sobre um friso escuro, golfinhos pintados, cavalos brancos e cupidos rosados flutuavam num mar fabuloso e densamente povoado. Havia na grande sala algumas cadeiras e no chão as peças desmontadas do piano. Mas duas portas tentadoras levavam aos dois pequenos balcões abertos para a ensolarada praça de ópera. No canto, abriam-se os balcões do palácio vizinho também cheio de pinturas e onde um gordo cardeal vermelho nadava como um peixe dourado ao sol.

Ficaram ali. Na grande sala, provisões foram desembrulhadas e uma mesa posta. Trouxeram vinho, um excelente vinho branco do Norte, chave para abrir a porta a legiões de lembranças. O afinador tinha desaparecido e o piano desmantelado estava silencioso. Klingsor olhou pensativamente para as entranhas nuas das cordas e então fechou devagar a tampa. Os olhos lhe doíam mas o dia estival lhe cantava no coração, como cantava a mãe sarracena e o sonho azul e estuante de Kareno. Comeu e brindou com os outros. Falava claro e alto, mas atrás de tudo trabalhava o aparelho do seu atelier. O seu olhar envolvia o cravo dos bosques, a flor de fogo como a água em torno de um peixe. Dentro do seu cérebro, um ativo cronista anotava formas, ritmos e movimentos como em colunas de números de bronze.

Conversas e risos enchiam a sala vazia. Ouvia-se o riso prudente e bondoso do Doutor, Ersilia ria profunda e cordialmente, sombria e subterraneamente ria Agosto, a pintora tinha um riso de pássaro e o poeta falava sensatamente, ao passo que Klingsor fazia pilhérias. Observando tudo de perto, um pouco tímida, a rainha vermelha circulava entre os seus convidados, golfinhos e cavalos, ia para aqui e para ali, ficava de pé junto ao piano, deixava-se cair numa almofada, cortava pão e servia vinho com uma inexperiente mão de moça. A alegria ressoava na sala fria, os olhos brilhavam pretos e azuis e, diante das iluminadas portas altas dos balcões, a luz deslumbrante do meio-dia olhava, montando guarda.

O claro vinho nobre corria nos copos em delicioso contraste com a simples refeição fria. Fluía claro pela sala o brilho vermelho do vestido da rainha, seguido pelo olhar iluminado e vigilante de todos os homens. Ela desapareceu e voltou com um lenço verde amarrado ao pescoço. Desapareceu e voltou com um lenço azul na cabeça.

Depois da mesa, cansados e saciados, todos saíram e foram para a floresta, onde se deitaram na relva e no musgo. Cintilaram sombrinhas, rostos coravam sob chapéus de palha e resplandecente ardia o sol. A Rainha das Montanhas se deitou vermelha na relva verde, enquanto o seu belo pescoço emergia da chama e o seu sapato alto se mostrava intensamente colorido e vivo no pé delgado. Perto dela, Klingsor tratava de lê-la, de estudá-la, de saturar-se dela como na infância tinha lido e se havia imbuído da história mágica da Rainha das Montanhas. Descansaram, cochilaram, conversaram, lutaram com as formigas, julgaram ver cobras nos matos, e os ouriços espinhosos das castanhas se prendiam aos cabelos das mulheres. Pensaram nos amigos ausentes a quem aquela hora teria agradado, mas não havia muitos. Gostariam que estivesse ali Louis, o Cruel, amigo de Klingsor, pintor de carrosséis e de circos. O seu espírito fantástico pairava ali em torno do grupo.

A tarde passou como se fosse um ano no paraíso. Houve muitos risos nas despedidas e Klingsor levou tudo no coração: a Rainha, a floresta, o palácio e a sala dos golfinhos, os dois cachorros e o papagaio.

Na descida da montanha, entre os amigos, foi pouco a pouco invadido pelo ânimo alegre e exuberante que só sentia nos raros dias em que deixava espontaneamente o trabalho descansar. De mãos dadas com Ersilia, com Hermann, com a pintora, dançou pela estrada cheia de sol abaixo, trauteou canções, divertiu-se infantilmente com anedotas e trocadilhos, abandonando-se ao riso. Corria à frente dos outros e se escondia no mato para amedrontá-los.

Por mais depressa que fossem, o sol desaparecia ainda mais depressa. Quando chegaram a Palazzatto, o sol se escondeu atrás da montanha e no vale já era noite. Tinham-se perdido e tinham descido demais. Estavam com fome e cansados. Sabiam que tinham de abandonar os planos que haviam feito: atravessar os campos plantados até Barengo e comer peixe na hospedaria da beira do lago.

— Meus amigos — disse Klingsor, sentando-se num muro que havia à margem do caminho —, nossos planos eram excelentes e eu teria muito prazer em jantar com os pescadores ou então em Monte d'Oro. Mas não poderemos ir até lá; eu, pelo menos, não posso, que estou cansado e com fome.

Não vou dar mais nem um passo além da próxima gruta, que certamente não é longe. Há ali vinho e pão e isso basta. Quem vem comigo?

Todos foram. A gruta foi encontrada num terraço da escarpa no meio da floresta. Havia bancos e mesas de pedra à sombra das árvores. O estalajadeiro foi buscar o vinho frio na adega sob os rochedos. O pão já estava ali. Todos se sentaram e começaram a comer em silêncio, contentes de estar finalmente sentados. Por trás dos altos troncos das árvores o dia morria, a montanha azul se tornava preta, a estrada vermelha se tornava branca. Na estrada noturna, ouviram um carro passar e um cachorro latir. Aqui e ali, brilhavam estrelas no céu e luzes na terra e não era possível distinguir umas das outras.

Klingsor estava felizmente repousado a olhar para a noite, enquanto comia pão preto e esvaziava a caneca azulada com vinho. Depois de satisfeito, recomeçou a conversar e a cantar, a balançar-se ao ritmo das canções, a brincar com as mulheres e a aspirar o perfume de seus cabelos. O vinho lhe parecia bom. Velho sedutor, dissuadia facilmente os outros das propostas de continuarem o caminho. Bebia vinho, servia vinho e pedia mais vinho. Lentamente, das canecas azuladas de louça de barro, símbolo da transitoriedade, variegados sortilégios que transformavam o mundo e coloriam as estrelas e as luzes.

Sentaram-se num balanço que oscilava acima do abismo do mundo e da noite, pássaros numa gaiola dourada, sem pouso, sem peso, em face das estrelas. Cantaram canções exóticas esses pássaros; dos corações extáticos lançavam as suas fantasias para a noite, para o céu, para a floresta, para o universo duvidoso e encantado. A resposta vinha das estrelas e da lua, das árvores e da montanha. Goethe estava sentado ali e também Hafiz, o odor do quente Egito e da grave Grécia se levantava, Mozart sorria e Hugo Wolf tocava piano na noite em delírio.

Houve uma explosão de barulho e um facho de luz. Abaixo deles, exatamente do coração da terra, diretamente pelo coração da terra, corria um trem expresso com as suas cem janelas iluminadas dentro da montanha e da noite. Em cima, no céu, soavam os sinos de uma igreja invisível. A meia-lua surgiu com um jeito furtivo sobre a mesa, brilhou refletida no vinho escuro, marcou os olhos e a boca de uma mulher destacando-os da escuridão e subiu mais, cantando para as estrelas. O espírito de Louis, o Cruel, se curvava sozinho num banco, a escrever cartas.

Klingsor, Rei da Noite, com uma alta coroa nos cabelos, reclinado no banco de pedra, regia a dança do mundo, marcava o compasso, dava entrada à lua, fazia sair de cena o trem. Este desapareceu imediatamente, como uma constelação que descesse a prumo pela margem do céu. Onde estava a Rainha das Montanhas? Não toca um piano dentro da floresta? Não ladra ao longe o desconfiado leãozinho? Não estava ela ainda há pouco usando um lenço azul à cabeça? Alô, velho mundo, cuidado para não cair! Vamos, floresta! Está na hora, montanha escura! Não percam o compasso! As estrelas são azuis e vermelhas como na canção popular: "Teus olhos vermelhos e tua boca azul!"

A pintura era bela; era um brinquedo belo e amável para crianças bem-comportadas. Mas era outra coisa, mais grandiosa e mais importante, dirigir as estrelas, projetar no mundo a

193

batida do próprio sangue e os círculos de cor da própria retina, transmitindo as vibrações da própria alma ao vento da noite. Saiam da frente, montanhas escuras! Transformem-se em nuvens, voem para a Pérsia e desçam em chuva sobre Uganda! Apareça, espírito de Shakespeare, e cante a canção do bobo bêbado sobre a chuva, que chove em qualquer dia.

Klingsor beijou a pequena mão de uma mulher e encostou-se ao arquejante seio de uma mulher. Debaixo da mesa, um pé roçava pelo seu. Não sabia de quem era a mão, nem de quem era o pé. Sentia-se rodeado de ternura e ficava contente de ver renovada a velha magia. Era ainda jovem, ainda estava longe do fim e se sentia capaz de irradiação e sedução; as boas e ansiosas mulheres ainda o amavam, ainda contavam com ele.

Animou-se ainda mais. Com voz leve e cantante, começou a contar uma grande epopeia, a história de um amor ou propriamente de uma viagem aos Mares do Sul, onde em companhia de Gauguin e de Robinson Crusoé descobriu a Ilha dos Papagaios e fundou o Estado Livre das Ilhas Afortunadas. Como os mil papagaios tinham brilhado à luz da tarde! Como as suas caudas azuis tinham se refletido nas águas verdes da baía. Os seus gritos e os gritos de mil vozes dos grandes macacos tinham acolhido Klingsor como uma trovoada quando ele fundara o Estado Livre. Encarregou a cacatua branca de formar o gabinete e com o melancólico pássaro bico-de-corvo bebera vinho de palmeira em grandes copos de coco. Oh, lua de outros tempos, lua das noites felizes, lua sobre a cabana de estacas entre os caniços! A tímida princesa morena se chamava Kül Kalü, que, esbelta e de membros longos, pisava pelo bosque de bananeiras, brilhando como o mel sob a cobertura das grandes folhas, com olhos de corça, costas de gato e uma tensão felina nos tornozelos elásticos e nas pernas musculosas. Kül Kalü, criança, ardor primitivo e inocência infantil do sagrado sudeste, mil noites te deitaste ao peito de Klingsor e cada noite era nova, cada noite era mais doce, cada noite era mais terna que todas as outras. Oh, Festa do Espírito da Terra, quando as virgens da ilha dos Papagaios dançam diante do deus!

Sobre as ilhas, sobre Klingsor e Robinson, sobre as histórias e os ouvintes, arqueava-se a noite cheia de estrelas brancas. A montanha se inflava levemente como um ventre e um seio que respirassem sob as árvores, as casas e os pés dos homens. A lua veloz dançava febrilmente na meia esfera do céu, seguida pelas estrelas numa silenciosa e desvairada dança. Cadeias de estrelas se enfileiravam como o cabo rebrilhante de um funicular que subisse para o paraíso. A floresta primitiva se ensombrava maternalmente, o mundo primordial se impregnava na lama do cheiro da decadência e da geração, cobras e crocodilos rastejavam e sem limites se derramava a torrente das formas.

— Vou voltar a pintar, apesar de tudo — disse Klingsor. — Já amanhã. E não vou mais pintar estas casas, gente e árvores. Vou pintar crocodilos e estrelas-do-mar, dragões e cobras purpúreas e tudo o que está mudando, no desejo de ser homem, no desejo de ser estrela, repleto de nascimento, repleto de decadência, repleto de Deus e de morte.

No meio dessas palavras quase sussurradas, no meio dessa hora delirantemente embriagada, soou profunda e clara a voz de Ersilia. Era ainda a canção do *bel mazzo di fiori*. A alegria se derramava do seu canto. Klingsor o ouviu como se viesse de uma ilha distante através de mares, de tempo e solidão. Fez girar a sua taça mas não a encheu mais de vinho. Escutava. Uma criança cantava. Uma mãe cantava. Quem era ele? Um homem errante e infame, atolado na lama do mundo, réprobo e canalha, ou era apenas uma criancinha tola?

— Ersilia — disse ele, cheio de veneração —, tu és a nossa boa estrela.

Montanha acima, através da escarpada e escura floresta, seguiram, agarrados a galhos e raízes, à procura do caminho de volta. Alcançaram uma parte menos densa da floresta e, depois, os campos. Um caminho estreito por dentro de uma plantação de milho falava da noite e da volta para casa. A lua brilhava nas folhas espelhantes do milho e fileiras oblíquas de videiras se estendiam mais adiante. Klingsor cantou então na sua voz baixa e um pouco rouca, muitas canções murmurantes em alemão e em malaio, com e sem palavras. Cantando assim, fazia fluir tudo o que estava acumulado dentro dele, como um muro pardo irradia à noite a luz do sol que recebeu durante o dia.

Aqui, um dos amigos se despediu, ali outro, cada qual desaparecendo nos caminhos sob as vinhas. Cada um partia e seguia por si mesmo, no rumo de casa, sozinho sob o céu. Uma das mulheres deu em Klingsor um beijo de boa-noite e sua boca ardente aspirou a dele. Rolavam dali, dissolviam-se na distância, todos eles. Quando Klingsor subia sozinho os degraus de sua casa, ainda cantava. Louvava a Deus e a si mesmo, celebrava Li Tai Pe e o bom vinho de Pampambio. Como um ídolo, descansava entre nuvens de afirmação.

"Intimamente", cantava ele, "sou como uma bola de ouro, como a cúpula de uma catedral, sob a qual o homem se ajoelha e reza, enquanto o ouro cintila nas paredes, o Salvador sangra num velho quadro e o Coração de Maria sangra. Também nós sangramos, nós que somos almas errantes, que somos estrelas e cometas. Sete e quatorze espadas trespassam nossos peitos abençoados. Eu te amo, mulher morena e loura, amo a todos, até aos filisteus. Sois pobres-diabos como eu; sois todos crianci-nhas e semideuses transviados como o ébrio Klingsor. Louvada sejas, amada vida, louvada sejas, amada morte!"

De Klingsor a Edith

"Querida Estrela no Céu do Verão:

Como me escreveste bem e com sinceridade e como o teu amor me chama dolorosamente como o canto eterno, como a eterna reprovação. Mas estás no bom caminho quando te confessas a mim, quando confessas a ti mesma todos os sentimentos do coração. Não chames, porém, sentimento algum mesquinho, nem emoção alguma indigna! Todo sentimento é bom, muito bom, até o ódio, até a inveja, até o ciúme, até a crueldade. De nada mais vivemos todos senão de nossos pobres, belos e gloriosos sentimentos, e cada pessoa a quem tratamos mal é como uma estrela que apagamos.

Se amo Gina, não sei. Duvido muito disso. Não seria capaz de fazer qualquer sacrifício por ela. Não sei nem se sou capaz de amar. Posso desejar, posso procurar a mim mesmo em outras criaturas, posso escutar um eco, posso querer um espelho, posso procurar o prazer sensual e tudo isso pode parecer amor.

Nós ambos, tu e eu, erramos no mesmo labirinto, no jardim de nossos sentimentos que se tornaram muito curtos neste mundo mau e, por isso, procuramos, cada qual a seu modo, vingar-nos do mundo perverso. Mas queremos que um dos outros sonhos permaneça, pois sabemos como é doce e vermelho o vinho dos sonhos.

Clareza sobre os seus sentimentos e sobre a importância e consequência dos seus atos, só têm as pessoas boas e seguras que acreditam na vida e nada fazem que não possam achar justo amanhã e depois de amanhã também. Não tenho a sorte de estar entre essas pessoas e me sinto e procedo como alguém que não crê no dia de amanhã e considera cada dia como o último.

Amada e esbelta criatura, procuro sem êxito exprimir os meus pensamentos. Os pensamentos expressos são sempre tão mortos. Vamos deixar que vivam! Sinto profunda e gratamente que me compreendes e que alguma coisa em ti tem afinidade comigo. Como isso deve estar inscrito no livro da vida e se os nossos sentimentos são de amor ou desejo ou simpatia, se são maternais ou infantis, isso não sei. Muitas vezes vejo cada mulher como uma velha e astuta libertina e muitas vezes como um pequeno garoto. Ora é a mulher mais casta que mais me tenta, ora é a mais depravada. Tudo o que me é dado amar é belo, é sagrado, é infinitamente bom. Como, por quanto tempo, com que intensidade, isso eu não posso medir.

Não amo só a ti, como sabes, e não amo só a Gina. Posso amanhã e depois de amanhã amar outras mulheres, pintar outros quadros. Não lamento, porém, qualquer amor que tenha tido, nem qualquer ato sensato ou louco que tenha cometido em consequência deles. Talvez te ame a ti porque és parecida comigo. Amo a outras porque são muito diferentes de mim.

É tarde da noite. A lua está sobre o Monte Salute. Como ri a vida, como ri a morte!

Joga esta tola carta no fogo e depois joga no fogo

Teu Klingsor"

A música do declínio

Tinha chegado o último dia de julho, o mês predileto de Klingsor. O grande festival de Li Tai Pe havia murchado e nunca mais foi repetido. Os girassóis erguiam aos gritos o seu ouro para o azul. Em companhia do fiel Thu Fu, Klingsor peregrinava nesse dia através da região que amava: arredores causticados de aldeia, estradas poeirentas sob altas alamedas, casas pintadas de vermelho e laranja na margem arenosa, caminhões e cais dos navios, longos muros violeta, gente pobre e pitoresca. À tardinha, sentou-se no pó nos confins de um subúrbio e pintou as tendas e os carros coloridos de um carrossel. Agachou-se à beira da estrada, na relva nua e queimada, atraído pelas cores fortes das tendas. Agarrou-se firmemente ao lilás desbotado do debrum de uma tenda, aos alegres verdes e vermelhos dos pesados carros e aos postes riscados de azul e branco de sustentação da estrutura. Pintou animadamente com cádmio, empregou ferozmente o doce e frio cobalto, traçou linhas dissolvidas de laca vermelha sobre o céu verde e amarelo. Mais uma hora, talvez menos, e teria de parar com a chegada da noite. Começaria então agosto, o mês da febre ardente, que tanto medo da morte e tanta ansiedade misturava em sua taça crepitante. A foice era afiada, o dia declinava e a morte ria escondida na folhagem calcinada. Grita alto e sopra a tua trombeta, cádmio! Estronda, laca vermelha! Ri estrepitosamente, amarelo-limão! Aproxima-te, azul profundo da montanha distante! Pousai em meu coração, árvores verdes de folhas secas e empoeiradas! Como estais cansadas, como vossos galhos se curvam submissamente! Bebo a todas essas belas coisas do mundo! Dou-lhes uma aparência de duração e imortalidade, eu que sou o mais transitório, o mais descrente, o mais triste de todos os entes e que sofro mais que todos o medo da morte. Julho foi consumido e agosto em breve será consumido também. E, de repente, o grande fantasma nos esfriará por entre as folhas amareladas no orvalho da manhã. Subitamente, novembro correrá através da floresta, subitamente o grande fantasma estará rindo, subitamente o coração ficará frio, subitamente a linda carne rosada cairá de nossos ossos, o chacal uivará no deserto e o abutre cantará o seu maldito canto. Um horrível jornal da cidade grande publicará minha fotografia e embaixo dela as palavras: "Destacado pintor expressionista, grande colorista, morto no dia dezesseis deste mês."

Cheio de raiva, estendeu ele um sulco de azul-de-paris sob o carro de ciganos verde. Cheio de amargura, quebrou com amarelo-cromo o canto das pedras do meio-fio. Cheio de desespero, derramou cinábrio num ponto vazio em desafio ao esparramado branco. Sangrando, lutou pela continuação e gritou em verde brilhante e em amarelo-napolitano o Deus inexorável. Gemendo, jogou mais azul no triste verde empoeirado; suplicantemente, acendeu luzes mais profundas no céu da tarde. A pequena paleta, cheia de cores puras e sem mistura, intensamente luminosas, era seu consolo, sua torre, seu arsenal, seu livro de orações, seu canhão com o qual atirava na morte perversa. A púrpura era uma negação da morte, o cinábrio era a zombada em face do declínio. O seu arsenal era bom; os seus bravos soldados se alinhavam brilhantemente e as rápidas descargas de seu canhão brilhavam. Mas nada disso ajudava, os tiros eram inúteis, embora fossem bons e representassem consolo e felicidade, fossem ainda vida, fossem ainda triunfo.

Thu Fu fora visitar um amigo, que tinha a sua cidadela mágica entre a fábrica e o cais. Estava de volta naquele momento, trazendo em sua companhia o astrólogo armênio.

Klingsor, que terminara a pintura, respirou profundamente quando viu os dois rostos ao seu lado, os cabelos louros de Thu Fu, a barba preta e a boca sorridente de dentes brancos do mágico. E com eles veio também Sombra, esguio, escuro, com os olhos que se sumiam nas órbitas profundas. Seja bem-vindo, também tu, Sombra, bom companheiro!

— Sabe que dia é hoje? — perguntou Klingsor a seu amigo.

— Sei que é o último dia de julho.

— Levantei hoje um horóscopo — disse o armênio — e vi que esta noite deve trazer-me alguma coisa. Saturno está estranho. Marte, neutro e Júpiter domina. Não nasceu em julho, Li Tai Pe?

— Nasci no dia dois de julho.

— Era o que eu pensava. As suas estrelas estão muito confusas, meu amigo, e só você pode interpretá-las. A fertilidade o cerca como uma nuvem prestes a abrir-se. As suas estrelas estão em posição estranha, Klingsor. Não pode deixar de estar sentindo isso.

Klingsor arrumou os seus apetrechos. Apagara-se o mundo que ele pintara, apagara-se o céu verde e amarelo, a clara bandeira azul estava esmaecida e o belo amarelo murchara e fora assassinado. Sentia fome e sede, e a garganta estava cheia de poeira.

— Amigos, vamos passar esta noite juntos — disse ele cordialmente. — Nunca mais estaremos juntos, os quatro. Leio isso não nas estrelas, mas no que está escrito em meu coração. Minha lua de julho passou, brilham opacamente as suas últimas horas e das profundezas a Grande Mãe lança o seu chamado. Nunca o mundo foi tão belo, nunca pintei um quadro mais belo. Os relâmpagos brilham. A música do declínio começou. Vamos cantar juntos a doce música temível. Fiquemos juntos, bebendo vinho e comendo pão.

Perto do carrossel, cuja tenda fora retirada, pois só estava ali para proteger do sol, havia algumas mesas sob as árvores. Uma empregada coxa passeava de um lado para outro da pequena taverna entre as árvores. Sentaram-se a uma mesa de tábuas. Levaram-lhe pão e vinho servido em louça de barro. Luzes brilharam sob as árvores. A pouca distância, o realejo do carrossel principiou a tocar, espalhando a sua música roufenha pela noite afora.

— Esvaziaremos trezentos copos hoje! — exclamou Li Tai Pe e brindou o Sombra. — Seja bem-vindo, Sombra, firme soldadinho de chumbo! Boas-vindas, amigos! Boas-vindas, luz elétrica, lâmpadas de arco, palhetas cintilantes do carrossel! Quem dera que aqui estivesse Louis, o pássaro fugitivo! Talvez ele já esteja voando à nossa frente no céu. Ou talvez o velho chacal volte amanhã, não nos encontre mais e ria e plante lâmpadas de arco e bandeiras em nossa sepultura!

O astrólogo saiu em silêncio e voltou com vinho novo e um riso de dentes brancos na boca vermelha.

— Melancolia — disse ele, olhando para Klingsor. — É uma coisa que não se deve trazer consigo. Tudo é tão fácil, é obra de um instante, uma hora intensiva com dentes cerrados e então fica-se livre de uma vez da melancolia.

Klingsor olhou atentamente para a boca do outro, para os dentes brancos e retos que tinham outrora numa hora férvida triturado a melancolia, ferindo-a de morte. Poderia ele fazer o que o astrólogo tinha conseguido? Ó doce e breve olhar para jardins distantes: vida sem angústia, sem melancolia. Bem sabia que esses jardins lhe eram inatingíveis. Sabia que o seu destino era diferente, que Saturno brilhava para ele de outra maneira e que Deus queria tocar outras músicas em suas cordas.

— Cada qual tem suas estrelas — disse Klingsor em voz pausada. — Cada qual tem sua crença. Creio apenas numa coisa, no declínio. Estamos correndo numa carruagem à beira do abismo e os cavalos já estão refugando. Estamos todos condenados. Todos devemos morrer, todos temos de nascer de novo. Chegamos à grande encruzilhada. É a mesma coisa em toda parte: a grande guerra, a grande transformação na arte, o grande colapso dos estados do Ocidente. Para nós, na velha Europa, já morreu tudo o que era bom e nosso. Nossa bela razão se tornou loucura, nosso dinheiro é apenas papel, nossas máquinas só sabem atirar e explodir, nossa arte é suicídio. Estamos em decadência, amigos; é esse o nosso destino. Começou a música dentro da clave de Tsing Tse.

O armênio serviu vinho.

— Como queira — disse ele. — Pode-se dizer sim, pode-se dizer não. É tudo um jogo de criança. Declínio, decadência são coisas que não existem. Para que houvesse declínio ou para que houvesse ascensão, seria preciso que houvesse alto e baixo como pontos de referência. Mas alto e baixo não existem; vivem apenas no cérebro do homem, que é o berço das ilusões. Todos os contrastes são ilusões; o branco e o preto são uma ilusão; a morte e a vida são uma ilusão; o bem e o mal são uma ilusão. Basta uma hora, uma só hora férvida com os dentes cerrados para dominar as ilusões.

Klingsor lhe escutou a boa voz e replicou:

— Estou falando de nós, da Europa, de nossa velha Europa que há dois mil anos se tem julgado o cérebro do mundo. Está em decadência. Pensas que não te conheço, mago? És um mensageiro do Oriente, um mensageiro para mim, talvez um espião, talvez um senhor da guerra disfarçado. Está aqui porque este é o começo do fim, porque sentes o cheiro da decadência. Mas é com prazer que decaímos, é com alegria que morremos e não nos vamos defender, sabias?

— Podes da mesma maneira dizer: teremos prazer em nascer — disse, rindo, o asiático. — O que a ti parece decadência, a mim me parece talvez nascimento. Tanto uma coisa quanto outra são ilusão. Os homens que creem na Terra como um disco fixo sob o céu também acreditam na ascensão e na decadência, e quase todos os homens acreditam no disco fixo! Mas as estrelas nada sabem de nascente ou de poente.

— E as estrelas não se põem, as estrelas não estão também condenadas? — perguntou Thu Fu.

— Para nós, para os nossos olhos.

Encheu os copos. Era sempre ele quem servia o vinho, atento e sorridente. Saiu com o jarro para ir buscar mais vinho. O realejo do carrossel estrugia.

— Vamos até lá que é muito bonito — propôs Thu Fu.

Foram até lá e ficaram diante da cerca pintada e viram entre palhetas e espelhos o carrossel girar, seguido pelos olhos ansiosos de cem crianças. Por um momento, Klingsor sentiu, com profundo interesse, o primitivismo e a ingenuidade daquela máquina giratória, da música mecânica, das cores e dos quadros vistosos, dos espelhos e das loucas colunas ornamentais. Tudo falava de magos e feiticeiros, de feitiços e da atração dos ratos pelo som da flauta na velha história. No fundo, tudo aquilo não era mais que o engodo que atrai um peixe para ser apanhado.

Todas as crianças tinham de andar no carrossel. Thu Fu deu dinheiro a todas as crianças, Sombra convidou a todas as crianças. Elas se amontoaram em torno dele, puxaram-no, pediram, agradeceram. Uma linda menina loura de doze anos pediu várias vezes e rodou repetidamente no carrossel. Ao resplendor das lâmpadas, o vento levantava o seu vestidinho curto e lhe mostrava as pernas de menino. Uma criança chorou. Houve brigas entre os garotos. Os címbalos batiam estrepitosamente junto com o realejo, derramando fogo no compasso e ópio no vinho. Muito tempo ficaram os quatro no meio do tumulto.

Voltaram então para baixo das árvores, o armênio serviu o vinho, tabu de novo na decadência e fez ouvir seu riso claro.

— Queremos hoje beber trezentos copos — disse Klingsor cantando.

A cabeça queimada pelo sol brilhava amarelada e o seu riso ressoava forte. A melancolia se ajoelhava, gigantesca, em seu coração palpitante. Levantou o copo e brindou à decadência, à vontade de morrer e à música de Tsing Tse. O realejo do carrossel estrondava. Mas dentro do seu coração havia angústia. O coração não queria morrer, o coração odiava a morte.

De repente, outra música se espalhou dentro da noite, estridente e impetuosa, vindo da taverna. No canto ao lado da chaminé, cuja prateleira estava cheia de garrafas de vinho bem-arrumadas, uma pianola tocava em ritmo de metralhadora, desvairada, ofensiva, rápida. A tristeza gritava dos tons discordantes e o ritmo de rolo compressor abafava e aplainava as dissonâncias. Havia também muita gente lá dentro, luzes e barulho, moças e rapazes a dançar e entre os que dançavam estavam a empregada coxa e Thu Fu. Ele dançava com a menina loura. Klingsor olhou. Leve, o vestido de verão da menina girava em torno de suas pernas lisas e bem-feitas. O rosto de Thu Fu sorria amistosamente, cheio de amor. Ao canto da chaminé, estavam sentados os outros, que tinham vindo do jardim e estavam perto da música, no centro do barulho. Klingsor via os tons e ouvia as cores. O mágico tirava as garrafas da chaminé, abria-as e servia o vinho. O riso continuava a iluminar-lhe o rosto moreno e sábio. A música ressoava terrivelmente na sala baixa. Na fila de garrafas em cima da chaminé, o armênio foi pouco a pouco abrindo uma brecha como um ladrão de templos que levasse, cálice a cálice, os utensílios de um altar.

— Tu és um grande artista — disse o astrólogo a Klingsor enquanto lhe enchia o copo. — És um dos maiores artistas deste tempo. Tens todo o direito a chamar-te Li Tai Pe. Mas tu és, Li Tai, um homem atormentado, pobre, sofrido e angustiado. Entoas a música do declínio e permaneces cantando na tua casa em chamas, a que tu mesmo ateaste fogo, mas não te sentes bem, Li Tai Pe, ainda que bebas trezentos copos de vinho por dia e tenhas a companhia da lua. Não és feliz; ao contrário, sofres muito, cantor do declínio. Não queres te deter? Não queres viver? Não queres continuar?

Klingsor bebeu e replicou em sua voz rouca:

— Pode alguém mudar o seu destino? Há então livre-arbítrio? Podes guiar a minha estrela, astrólogo?

— Guiar não, mas posso interpretá-la. Só tu podes guiá-la. Há livre-arbítrio, sim. É o que se chama de magia.

— Por que vou dedicar-me à magia se já me dedico à arte? Não é a arte tão boa quanto a magia?

— Tudo é bom. Nada é bom. A sabedoria dos magos elimina as ilusões. A magia elimina até a maior de todas a que damos o nome de "tempo".

— E a arte não faz isso também?

— Tenta fazer. O julho pintado que tens aí em tua pasta te satisfaz? Venceste por acaso o tempo? Não tens medo do outono e do inverno?

Klingsor deu um suspiro e ficou calado. Bebeu em silêncio e em silêncio o mago lhe encheu o copo. A pianola continuava a tocar febrilmente. O rosto angélico de Thu Fu dançava entre os outros pares. Julho chegava ao fim.

Klingsor brincou com as garrafas vazias em cima da mesa e arrumou-as num círculo.

— São estes os nossos canhões! — exclamou ele. — Com estes canhões, fazemos em pedaços o tempo, a morte, a desgraça. Tenho também atirado na morte com as minhas tintas, graças ao ardente verde, ao cinábrio explosivo e ao doce verniz escarlate. Muitas vezes tenho-a atingido no crânio e já lhe lancei nos olhos punhados de azul e branco. Tenho-a frequentemente posto em fuga. Posso enfrentá-la quantas vezes for preciso, dominá-la, ser mais esperto do que ela. Vejam o armênio. Está abrindo outra velha garrafa para injetar-nos no sangue o sol aprisionado do verão passado. O armênio também não nos pode ajudar a atacar a morte. Ele também não sabe de outras armas contra a morte.

O mágico partiu pão e comeu.

— Não preciso de nenhuma arma contra a morte porque a morte não existe. O que existe é apenas uma coisa: medo da morte. Isso pode ser curado e há uma arma eficiente. Leva coisa de uma hora para superar esse medo. Mas Li Tai Pe não quer. Li ama a morte. Ama o medo que tem da morte, a sua melancolia e a sua desgraça. Mas foi o medo que lhe ensinou tudo o que ele sabe e pelo que nós o amamos.

Ergueu o copo zombeteiramente, com os dentes brilhantes e o rosto cada vez mais jovial. A tristeza lhe parecia inteiramente estranha. Ninguém lhe respondeu. Klingsor disparou o seu canhão de vinho contra a morte. A morte aparecia enorme diante das portas abertas da sala, que estava cheia de gente, de vinho e de música. Enorme estava a morte diante das portas, sacudia suavemente as acácias-negras e se emboscava soturnamente no jardim. Tudo lá fora estava cheio de morte, saturado de morte. Apenas ali, na sala estreita e ressoante, se lutava brava e heroicamente contra a sitiadora sombria que ria pelas janelas.

O mago olhou zombeteiramente através da mesa e zombeteiramente encheu os copos. Klingsor já havia quebrado muitos copos, mas novos copos lhe eram dados. O armênio bebera muito também, mas estava tão firme quanto Klingsor.

— Bebamos, Li — disse ele, no mesmo tom de zombaria. — Bem sabes que amas a morte, queres ser condenado e morrer a tua morte. Disseste mesmo isso ou me enganei ou, afinal de contas, te enganaste a ti e a mim? Bebamos, Li, e sejamos condenados.

A cólera ferveu em Klingsor. Levantou-se, ereto e alto, com o seu rosto cinzelado de velho falcão, cuspiu no vinho e arremessou o copo no chão. O vermelho do vinho espalhou-se pela sala. Os seus amigos empalideceram e os estranhos riram.

Mas o mágico, sorrindo e em silêncio, pegou outro copo, encheu-o de vinho e ofereceu-o sorrindo a Li Tai. Sorriu Li, ele também. Pelo seu rosto contorcido passou um sorriso como um raio de luar.

— Amigos — exclamou ele —, deixemos esse estrangeiro falar. Sabe muitas coisas, essa velha raposa; e vem de uma toca escondida e profunda. Sabe muitas coisas mas não nos compreende. É velho demais para compreender crianças. É sábio demais para compreender tolos. Nós que vamos morrer sabemos mais da morte do que ele. Somos homens e não estrelas. Vejam minha mão que segura neste momento um pequeno copo azul cheio de vinho. Estas mãos, estas mãos morenas podem fazer muitas coisas! Pintaram com muitos pincéis, arrancaram das trevas muitos fragmentos do mundo que colocaram diante dos olhos dos homens. Esta mão morena já acariciou o queixo de muitas mulheres e seduziu muitas moças. Muitas a beijaram e muitas lágrimas já caíram sobre ela. Thu Fu escreveu um poema sobre ela. Esta amada mão, meus amigos, em breve estará cheia de terra e de vermes e nenhum de vocês tocará nela. Ainda assim, eu a amo. Amo minha mão, amo meus olhos, amo a minha macia barriga branca. Amo tudo isso com pesar, com desdém e com grande ternura porque tudo vai murchar e decair em breve. Sombra, escuro amigo, velho soldado de chumbo na sepultura de Andersen, tu também terás o mesmo destino, velho amigo. Bebam comigo! Um brinde a nossos amados membros e entranhas!

Fizeram o brinde. O Sombra sorriu soturnamente de suas profundas órbitas e de repente alguma coisa atravessou a sala como uma rajada de vento, como um espírito. A música parou abruptamente, os dançarinos desapareceram como se a noite os tivesse engolido e metade das luzes se apagou. Klingsor olhou para as portas escuras. Lá fora, estava a morte. Ele a viu de pé e sentiu-lhe o cheiro. Como gotas de chuva na folhagem da estrada, assim era o cheiro da morte.

Então, Li empurrou o copo, afastou a cadeira, atravessou devagar a sala e saiu sozinho para as trevas do jardim, com os relâmpagos a acenderem-se acima de sua cabeça. Dentro do peito, seu coração era tão pesado quanto a pedra de uma sepultura.

Noite de agosto

Klingsor chegou a uma aldeia ao cair da noite. Passara a tarde em Manuzzo e Veglia, pintando ao sol e ao vento. Atravessou muito cansado a floresta acima de Veglia e foi dar no lugar pequeno e sonolento. Conseguiu chamar uma velha estalajadeira, que lhe levou um copo de barro cheio de vinho. Klingsor sentou-se no toco de uma nogueira diante da porta e procurou em sua mochila. Encontrou ainda um pedaço de queijo e algumas ameixas e com isso jantou.

A velha ficou sentada perto, de cabelos brancos, curvada e sem dentes, e falou com o pescoço enrugado e arquejante e com os velhos olhos parados, da vida do povoado e de sua família, da guerra e dos altos preços, do estado dos campos, do vinho e do leite e de quanto custavam, de netos mortos e de filhos dispersos pelo mundo. Todas as eras e constelações da vida daquela pequena camponesa foram expostas diante de Klingsor com clareza e simpatia na sua escassa beleza, cheias de alegrias e tristezas, cheias de angústia e de vida. Klingsor comeu, bebeu, descansou, escutou, fez perguntas sobre crianças e gado, sobre o pároco e o bispo, elogiou amavelmente o vinho sofrível, ofereceu-lhe uma última ameixa, apertou-lhe a mão, desejou-lhe boa noite e, apoiando-se na sua bengala e carregando a mochila, começou a subir a montanha lentamente para chegar ao seu pouso para a noite.

Era a hora tardia e dourada em que a luz do dia ainda brilhava mas em que a lua já cintilava e os primeiros morcegos mergulhavam na luz verde e trêmula. Uma orla da floresta se dissolvia na última luz e os claros troncos dos castanheiros se erguiam diante das sombras escuras. Uma cabana amarela irradiava docemente a luz do sol que havia absorvido, brilhando suavemente como um topázio amarelo. Róseos e violáceos, os pequenos caminhos se estendiam através de prados, vinhedos e florestas. Aqui e ali um galho de acácia-amarela, e o céu do poente se ostentava dourado e verde acima do azul veludoso das montanhas.

Oh, se fosse possível trabalhar ainda nos últimos quinze minutos encantados do dia sazonado de verão, que nunca mais voltaria! Como tudo era indizivelmente belo naquele momento! Como tudo era tranquilo, bom e dadivoso! Como tudo estava cheio de Deus!

Klingsor sentou-se na relva fresca, pegou mecanicamente o lápis e depois, com um sorriso, deixou a mão cair. Estava mortalmente cansado. Apalpou com a mão a relva seca, a terra seca que se esfarelava. Quanto tempo ainda ia passar até que o excitante jogo terminasse? Quanto tempo ainda até que a mão, a boca e os olhos estivessem cheios de terra? Poucos dias antes, Thu Fu lhe mandara um poema que ele havia guardado na memória e recitou baixinho:

Da árvore da minha vida
As folhas caem lentamente.
Já do mundo a febril lida
Me sacia inteiramente.
Sacia-me, enfarta e cansa,
Ora encanta, ora embriaga
E o que é hoje esperança
Logo será sombra vaga.
Depois, gemerá o vento
Sobre minha sepultura
Mas da mãe o olhar atento
Envolve o filho em ternura.
Quero os olhos ver-lhe ainda,
Estrelas do meu destino,
Tudo mais na vida finda
Menos esse olhar divino.
Resta só a Mãe eterna
Da qual todos nós viemos,
Que no ar escreve, terna,
Nosso nome... e fenecemos.

Era bom que fosse assim. Quantas de suas dez vidas restavam ainda a Klingsor? Três? Duas? Mais que uma... Ainda uma vida respeitável, comum e burguesa. E quanta coisa tinha feito, quanta coisa tinha visto, quanto papel e quanta tela pintara, quanto amor e quanto ódio tinha provocado em tantos corações, na arte e na vida, quantas aflições e quantos ventos novos tinha espalhado no mundo! Muitas mulheres havia amado, muitas tradições e santuários havia destruído, muitas coisas novas havia ousado. Tinha esvaziado muitos copos, tinha respirado em muitos dias e noites estreladas, tinha se queimado sob muitos sóis, nadara em muitas águas. Ora estava ali sentado, na Itália, ou na Índia, ou na China. O vento do verão sacudia caprichosamente as coroas dos castanheiros e o mundo era bom e perfeito. Era igual que ele pintasse mais cem quadros ou dez, que ainda vivesse dez verões ou apenas um. Estava cansado, muito cansado. Tudo na vida finda, tudo quer morrer. Caro Thu Fu amigo!

Era tempo de ir para casa. Entraria vacilante no quarto e seria recebido pelo vento através da porta do balcão. Acenderia a luz e tiraria os seus desenhos da mochila. O interior da floresta com todo aquele amarelo-cromo e aquele azul-da-china talvez estivesse bom e desse um quadro algum dia. Bem, já estava na hora de ir chegando.

Continuou, porém, sentado com o vento a agitar-lhe os cabelos, com o paletó de linho a bater sujo de tinta e com risos e tristezas no coração crepuscular. Manso e leve soprava o vento, leves e calados os morcegos mergulhavam contra o céu esmaecente. Tudo na vida finda, tudo quer morrer. Resta só a mãe eterna.

Podia dormir ali mesmo, uma hora pelo menos. Estava tão quente. Descansou a cabeça na mochila e olhou para o céu. Como era belo o mundo! Como saciava e cansava!

Ouviu passos que desciam a montanha, pisando com força em sapatos de madeira. Entre os fetos e as giestas apareceu um vulto de mulher, as cores de cujo vestido Klingsor não pôde mais distinguir. Ela se aproximou num passo firme e regular. Klingsor levantou-se e deu-lhe boa-noite. Ela levou um pequeno susto e parou um instante. Klingsor viu-lhe o rosto. Já o conhecia, não sabia de onde. Era bonita e morena; os dentes claros brilhavam, belos e perfeitos.

— Muito bem! — exclamou ele, estendendo-lhe a mão. Sabia que alguma coisa o ligava àquela mulher, alguma pequena recordação. — Já não nos conhecemos?

— *Madonna!* Você é o pintor de Castagnetta! Não me reconheceu?

Sim, ele a reconhecia. Era uma camponesa do vale de Taverne. Tinha estado uma vez na casa dela, no belo, frondoso e confuso passado daquele verão, tinha pintado durante algumas horas diante da casa dela, bebera a água de sua fonte, tinha dormido durante uma hora à sombra da figueira e no fim ganhara da mulher um copo de vinho e um beijo.

— Você nunca mais voltou — disse ela. — E me prometeu tanto.

Havia malícia e provocação em sua voz profunda. Klingsor sentiu-se reviver.

— *Ecco*, foi muito melhor que você tivesse vindo para mim agora. Que sorte a minha, quando eu estava tão sozinho e triste!

— Triste? Não tente me enganar. Brinca muito e ninguém pode acreditar numa só palavra sua. Agora, tenho de ir-me embora.

— Neste caso, irei com você.

— Não é o seu caminho e não é necessário. Que me poderia acontecer?

— A você não, mas a mim. Seria muito fácil algum homem aparecer, gostar de ti e beijar-te a doce boca, o pescoço, os lindos seios, outro homem e não eu. Isso não pode acontecer!

Fechou as mãos na nuca da mulher e não a deixou ir.

— Minha estrela! Minha querida! Minha ameixa gostosa! Morda-me senão vou te devorar!

Beijou-a na boca forte e aberta, enquanto ela, rindo, se curvava para trás. Entre resistência e protestos, ela foi cedendo, retribuiu-lhe o beijo, sacudiu a cabeça, riu, tentou soltar-se. Ele a abraçava forte, com a boca na dela e a mão em seus seios. Os cabelos tinham cheiro de verão, como o feno, as giestas, os fetos, os espinheiros. Respirando fundo, ele inclinou a cabeça para trás e viu então no céu a primeira estrela que nascia, pequena e pálida no céu desbotado. A mulher não dizia mais nada. O seu rosto se tornara muito sério. Deu um suspiro, pegou a mão dele e apertou-a de encontro aos seios. Ele se curvou docemente, passou os braços pelas curvas dos joelhos que não resistiam e deitou-a na relva.

— Gosta de mim? — perguntou ela como uma mocinha.

— *Povera me.*

Beberam da taça. O vento agitava os cabelos da moça e lhe tirava o fôlego.

Antes que se despedissem, ele procurou na mochila e nos bolsos do paletó alguma coisa que lhe pudesse dar. Só encontrou uma caixinha de prata ainda meio cheia de fumo para cigarros. Esvaziou-a e deu-a a ela.

— Não, isso não é presente, claro que não! — disse ele. — Apenas uma lembrança para que não te esqueças de mim.

— Não te esquecerei — disse ela. — Voltará ainda?

Ele ficou triste. Beijou-lhe demoradamente os olhos.

— Voltarei, sim.

Ficou durante algum tempo parado a ouvir-lhe os passos que ressoavam montanha abaixo, sobre os prados embaixo, através da floresta, da terra, das pedras, das folhas, das raízes. Por fim, não a ouviu mais. A floresta se estendia escura dentro da noite, o vento soprava morno sobre a terra escura. Alguma coisa, talvez um cogumelo, talvez um feto murcho, cheirava acre e fortemente a outono.

Klingsor não se podia decidir a ir para casa. Para que subir a montanha naquele momento, para que ir para o quarto com todos os seus quadros? Estendeu-se na relva e olhou para as estrelas. Dormiu afinal. Dormiu até que, tarde da noite, o grito de algum animal, uma lufada de vento ou o frio do orvalho o acordou. Subiu então para Castagnetta e encontrou sua casa, sua porta, seu quarto. Havia cartas e flores; tinha havido visitas de amigos.

Cansado como estava, obedeceu aos hábitos tenazes de todas as noites e tirou as coisas da mochila e olhou à luz da lâmpada os seus desenhos daquele dia. Aquele interior da floresta estava bom. As folhas e as pedras sob a sombra mosqueada de luz brilhavam frias e preciosas como uma câmara de tesouro. Fizera bem em trabalhar apenas com amarelo-cromo, laranja, e azul, dispensando o cinábrio. Olhou demoradamente a folha.

Mas para quê? Para que todas aquelas folhas cheias de colorido? Para que toda a labuta, todo o suor, toda a breve e inebriada febre de criação? Havia libertação? Havia descanso? Havia paz?

Mal se despiu, jogou-se exausto na cama, apagou a luz, esperou o sono e murmurou os versos de Thu Fu:

Depois, gemerá o vento
Sobre minha sepultura...

Klingsor escreve a Louis, o Cruel

"*Caro* Luigi:

Faz muito tempo que não ouço tua voz. Ainda vives na luz? Os abutres já te roem os ossos?

Já usou algum dia uma agulha de tricô para mexer num relógio parado? Já fiz isso e de repente o diabo se meteu no mecanismo e fez correr todo o tempo que o relógio esteve parado. Os ponteiros corriam pelo mostrador, avançando loucamente com um barulho sinistro, cada vez mais depressa até que de repente tudo se quebrou e o relógio deu o último suspiro. É mais ou menos o que acontece aqui agora conosco. O sol e a lua correm pelo céu como se tivessem perdido o juízo, os dias fogem e o tempo se escoa como se estivesse vazando de um buraco num saco. Espero que o fim chegue de repente e este mundo bêbado desapareça em vez de voltar a um ritmo respeitável.

Durante os dias, vivo tão ocupado que não posso pensar em coisa alguma. (Como parece ridículo dizer uma frase dessas: 'Não posso pensar em coisa alguma!') Mas muitas vezes à noite tenho saudades de ti. Em geral, vou para a floresta e me sento numa adega onde bebo o tão celebrado vinho tinto, que quase sempre não vale grande coisa, mas, apesar disso, faz a vida suportável e dá sono. Há ocasiões em que pego no sono à mesa de uma gruta e provo com isso à gente da terra, que sorri, que minha neurastenia não pode realmente ser tão forte assim. Muitas vezes, amigos e mulheres estão comigo e eu exercito os dedos na plasticidade da carne feminina enquanto falo de chapéus, calcanhares e arte. De vez em quando, temos a sorte de pegar uma boa temperatura e gritamos e rimos durante toda a noite, e todos se alegram de que Klingsor seja tão bom companheiro. Há aqui uma bela mulher que pergunta ansiosamente por ti todas as vezes que a vejo.

A arte que exercemos depende muito do objeto, como diria um professor (seria ótimo representar um enigma pictórico). Estamos pintando as coisas da 'realidade', embora de uma maneira um tanto livre e inquietante para o espírito burguês. Pintamos pessoas, árvores, feiras, estradas de ferro, paisagens. Nesse particular, estamos ainda obedecendo a uma convenção. Os burgueses chamam de 'reais' as coisas que são vistas e descritas da mesma maneira por todo mundo ou, ao menos, por muitas pessoas. Logo depois deste verão, tenciono durante algum tempo só pintar fantasias, principalmente sonhos. Alguma coisa será de teu gosto, alegre e surpreendente, mais ou menos como as histórias do caçador de coelhos da catedral de Colônia de Collofino. Ainda que eu sinta que o chão sob meus pés está ficando turvo e ainda que no fundo pouca vontade tenha de mais anos e mais realizações, gostaria de lançar ainda alguns violentos foguetes nas faces deste mundo. Um colecionador me escreveu recentemente e disse que via com prazer que eu estava atravessando em meus novos trabalhos uma nova mocidade. Nisso, o homem tem um pouco de razão. Tenho a impressão de que só comecei verdadeiramente a pintar este ano. Mas o que eu estou vivendo é menos uma primavera do que uma explosão. É espantoso ver quanta dinamite ainda há dentro de mim. Mas é uma dinamite de combustão lenta.

Meu caro Louis, muitas vezes me diverte o fato de que dois velhos libertinos como nós sejamos no fundo tão comoventemente envergonhados que preferimos jogar os copos à cabeça um do outro a manifestar os nossos sentimentos recíprocos. Que seja sempre assim, velho ouriço!

Tivemos um destes dias um banquete de pão e vinho naquela gruta perto de Barengo. Os nossos cantos ressoaram no alto da floresta à meia-noite, os velhos cantos romanos. Muito pouco é preciso para ser feliz quando se está ficando velho e os pés começam a ficar frios: oito a dez horas de trabalho por dia, uma garrafa de Piemontese, um pouco de pão, um bom charuto, algumas amigas e, sem dúvida, calor e bom tempo. Isso nós temos. O sol tem funcionado magnificamente e minha cabeça está mais queimada do que a de uma múmia.

Há dias em que eu tenho a impressão de que minha vida e meu trabalho estão apenas começando mas, às vezes, parece que já há oitenta anos trabalho duramente e já tenho direito a um pouco de paz e de férias. Cada qual chega um dia ao seu fim, meu Louis, e assim será comigo e contigo também. Só Deus sabe o que te estou escrevendo, mas é claro que não me sinto bem. Deve ser hipocondria. Os olhos me doem muito e muitas vezes me lembro de um artigo sobre descolamento da retina que li há muitos anos.

Quando olho da porta de meu balcão e contemplo a vista que conheces, compreendo claramente que ainda temos de trabalhar muito. O mundo é indizivelmente belo e complexo e através daquela alta porta verde está a me chamar e então eu corro para lá e extraio um pedaço para mim, um diminuto pedaço. Esta verde região por aqui se tornou, graças ao verão seco, extremamente luminosa e avermelhada. Nunca pensei que tivesse de recorrer ao vermelho-inglês e ao vermelho-siena de novo. E depois todo o outono está à espera, com o restolho nos campos, as vindimas, a colheita do milho e a floresta vermelha. Farei tudo isso mais uma vez, dia a dia, e pintarei mais algumas centenas de estudos. Sinto, porém, que depois disso deixarei o caminho e me voltarei para dentro de mim, para novamente, como fiz durante algum tempo quando era moço, pintar de memória e segundo a minha fantasia, escrever poemas e desfiar sonhos. Isso também precisa ser feito.

Um grande pintor parisiense, a quem um jovem artista pediu conselho, disse certa vez: 'Meu jovem, se queres ser um pintor, não te esqueças de que, acima de tudo, é preciso comer bem. Em segundo lugar, a digestão é uma coisa da maior importância. Esforça-te por ir à privada regularmente. Terceiro, nunca deixes de ter uma pequena amante bonita!' Ora, você poderia pensar que aprendi bem esses princípios da arte e que eles nunca me falham. Mas, neste último ano, parece que mesmo essas coisas tão simples não funcionam mais comigo. Como pouco e mal e durante muitos dias minha única alimentação é pão; tenho às vezes aborrecimentos com o meu estômago (e devo dizer-te que não conheço nada de mais inútil) e também não tenho uma pequena amante em condições, mas tenho que atender a quatro ou cinco mulheres e vivo tão esgotado quanto faminto. Há uma falha no relógio depois que comecei a mexer nele com uma agulha. Ainda está funcionando, mas depressa como Satã e com um barulho que faz desconfiar. Como é simples a vida quando se tem saúde! Creio que nunca recebeste uma carta minha tão grande, salvo talvez no tempo em que estávamos discutindo sobre a paleta. Vou parar. Já são quase cinco horas e a bela luz está começando. Abraços do Teu

Klingsor"

Pós-escrito: Lembrei-me de que gostaste muito de um quadrinho meu, o mais chinês que já fiz, com a cabana, a estrada vermelha, as árvores pontudas em verde-veronese e a distante cidade de brinquedos ao fundo. Não te posso mandar o quadro agora e também não sei onde estás. Mas o quadro é teu, quero que de qualquer maneira saibas disso.

Klingsor manda um poema
a seu amigo Thu Fu
(escrito no dia em que pintou o
seu autorretrato)

Bêbado, estou à noite na floresta batida pelo vento;
Já o outono roeu os galhos murmurantes
E o taverneiro resmunga ao descer para a adega
A fim de encher minha garrafa vazia.

Amanhã, amanhã, me cortará a morte pálida
Com sua sibilante foice a carne vermelha;
Sei que de há muito de emboscada
Espera-me essa tão pérfida inimiga.

Para dela zombar, canto dentro da noite
E o meu bêbado canto ao bosque exausto sobe
Rio-me de suas ameaças com meu canto
E tem esse sentido este vinho que bebo.

Muito fiz e sofri ao errar pelo mundo;
Agora já é noite e aqui bebo e aguardo
Que desça sobre mim a rutilante foice
E do peito vibrante a cabeça separe.

O autorretrato

No princípio de setembro, depois de muitas semanas de sol excepcionalmente ardente, houve alguns dias de chuva. Durante esses dias, Klingsor pintou na sala de altas janelas do seu *palazzo* em Castagnetta o seu autorretrato que está agora em Frankfurt.

Esse quadro assustador e, apesar disso, tão magicamente belo foi a última das obras que ele levou até o fim. Foi produzido ao fim do trabalho daquele verão, após um período incrivelmente férvido e tempestuoso, do qual o quadro foi o ponto culminante e a coroação. É muito notável que todos os que conheceram Klingsor o reconheçam imediata e infalivelmente no quadro, muito embora nunca um retrato tenha ficado tão afastado de qualquer semelhança naturalista.

Como todas as obras do período final de Klingsor, esse autorretrato pode ser considerado dos mais diversos pontos de vista. Para muitos, especialmente para aqueles que não conheceram o pintor, o quadro é principalmente uma sinfonia de cores, uma tapeçaria admiravelmente harmônica, nobre e tranquila, apesar da imensa variedade dos matizes. Outros veem nele uma última e talvez desesperada tentativa de libertação da objetividade. O rosto é pintado como uma paisagem, os cabelos lembram folhas e a casca das árvores e as órbitas parecem fendas num rochedo. Há quem diga que esse quadro só lembra a natureza como uma serra distante lembra um rosto humano, muitos galhos de árvores parecem mãos e pernas, mas apenas de maneira remota e simbólica. Muitos, ao contrário, veem nessa obra apenas o objetivo, o rosto de Klingsor, por ele mesmo analisado e interpretado com implacável intuição psicológica — como uma enorme confissão, uma cruel, gritante, comovente e apavorante justificação. Ainda outros, e neles se incluem alguns dos mais ferrenhos oponentes de Klingsor, veem no quadro apenas um produto e os sinais da suposta loucura do pintor. Comparam a cabeça do quadro com o original naturalista, com fotografias, e apontam, nas distorções e exageros das formas, traços negroides, degenerados, atávicos e animais. Muitos destes ressaltam os aspectos idólatras e fantásticos do quadro, enxergando nele uma espécie de autoadoração monomaníaca, uma autoglorificação blasfema e uma espécie de megalomania religiosa. Todas essas interpretações são cabíveis e muitas mais.

Durante os dias em que estava pintando esse quadro, Klingsor não saía de casa senão à noite para tomar vinho. Comia apenas pão e frutas, que a caseira lhe levava, deixou de fazer a barba e tinha um aspecto verdadeiramente alarmante, com a testa queimada de sol e os olhos sumidos nas órbitas num desleixo completo. Pintava sentado e de memória. Só de quando em quando e quase sempre nas pausas do trabalho ia até o grande e antigo espelho da parede norte, com a moldura enfeitada de rosas. Estendia então a cabeça para a frente, arregalava os olhos e fazia caretas.

Muitos e muitos rostos via ele sob o rosto de Klingsor no grande espelho entre aquelas ridículas grinaldas de rosas, e pintou esses rostos no seu quadro: rostos de criança doces e espantados, têmporas de adolescente, cheias de sonhos e de paixão, olhos zombeteiros de bebedor, lábios de um sedento, de um perseguido, de um sofredor, de um ser em busca, um libertino, de um *enfant perdu*. Construiu, porém, a cabeça majestosa e brutalmente como um ídolo da selva, um Jeová, enamorado e enciumado de si mesmo, um monstro a quem se deviam sacrificar os primogênitos e as virgens. Eram essas algumas das suas aparências. Outra era a do homem condenado e decadente que aceitava o seu destino. O musgo lhe crescia no crânio, os velhos dentes estavam tortos, havia gretas através da pele murcha, nas quais cresciam crostas e mofo. Era isso o que alguns amigos amavam particularmente no quadro. Diziam: é esse o homem, *ecce homo*, o homem cansado, selvagem, infantil e refinado de nossa era tardia, o homem europeu moribundo e que quer morrer, retesado por todos os desejos, enfraquecido por todos os vícios, entusiasmado com a consciência de seu declínio, pronto para qualquer progresso, maduro para qualquer retrocesso, submetendo-se à dor e ao destino como um morfinômano à sua droga, solitário, primitivo, ao mesmo tempo Fausto e Karamazov, animal e sábio, completamente despojado, completamente sem ambição, inteiramente nu, cheio de um medo infantil da morte e de uma cansada disposição a morrer.

E ainda mais longe, ainda mais profundamente sob todos esses rostos dormiam rostos mais remotos, mais fundos, mais velhos, pré-humanos, bestiais, vegetais, pétreos, como se o último homem na Terra no momento que precedia a morte estivesse recapitulando mais uma vez em velocidade de sonho todas as formas do seu passado e da mocidade do mundo.

Nesses dias loucamente intensos, Klingsor vivia como em êxtase. À noite, enchia-se de vinho e então ia ficar diante do velho espelho, de vela em punho, e contemplava seu rosto, com o seu sorriso triste de bêbado. Uma noite, ele tinha uma mulher com ele no divã do atelier e, enquanto lhe abraçava o corpo nu, olhou por cima do ombro dela para o espelho e viu, ao lado dos cabelos desgrenhados da mulher, o rosto dele cheio de volúpia e de tédio da volúpia, com os seus olhos avermelhados. Ele lhe disse que voltasse no dia seguinte, mas ela ficou apavorada e nunca mais voltou.

À noite, dormia pouco. Muitas vezes acordava de sonhos angustiosos, com o rosto banhado de suor exasperado e cansado da vida. Mas logo se levantava, olhava para o espelho do armário, lia a paisagem desolada com aqueles aspectos deformados, examinando-a sombriamente, cheio de ódio ou sorridente como se estivesse alegre com a sua devastação. Costumava ter um sonho em que se via torturado com agulhas enfiadas nos olhos e as narinas repuxadas com ganchos. Desenhou esse rosto torturado a carvão na capa de um livro que encontrou à mão, mostrando as agulhas nos olhos. Encontramos o estranho desenho depois de sua morte. De outra vez, sofrendo de um acesso de nevralgia facial, agarrava-se todo encurvado às costas de uma cadeira, rindo e chorando de dor, mas ainda com o rosto diante do espelho, estudando as contorções e zombando da dor e das lágrimas.

E não era apenas o rosto ou os seus mil rostos que ele pintou naquele quadro, não foram apenas os olhos e os lábios, a dolorosa ravina de sua boca, os rochedos gretados da testa, as mãos como raízes, os dedos vibrantes, o desprezo da razão, a morte nos olhos. Pintou ao seu jeito pessoal, compacto, conciso e irregular do toque do pincel, pintou também sua vida, suas crenças, seus amores, seus desesperos. Pintou uma faixa de mulheres nuas tangidas pelo vento impetuoso como um bando de pássaros. Vítimas sacrificadas ao ídolo Klingsor; pintou também um jovem com cara de suicida, templos e florestas ao longe, um velho deus barbado, poderoso e estupidificado, um seio de mulher rasgado por um punhal, borboletas com rostos nas asas e no fundo do quadro, na beira do caos, a morte, um fantasma cinzento que cravava uma lança pequena como uma agulha no crânio de Klingsor.

Quando ele tinha pintado durante horas, a inquietação fazia-o levantar-se. Incerto e cambaleante, percorria as salas e, batendo as portas ao passar, tirava garrafas do armário, livros das estantes e toalhas das mesas, deitava-se no chão para ler, debruçava-se nas janelas respirando profundamente, procurava velhos desenhos e fotografias e empilhava, no chão, nas mesas, nas camas e nas cadeiras de todos os quartos, papéis, quadros, livros e cartas. Tudo ficava revolto quando o vento carregado de chuva entrava pelas janelas. Entre as coisas velhas, encontrou uma fotografia dele no tempo de criança, quando tinha quatro anos, da qual espiava numa roupa branca de verão, sob cabelos louros quase brancos, um rosto quase desafiante de criança. Encontrou os retratos de seus pais e de velhos amores de sua mocidade. Tudo lhe interessava, excitava-o, tornava-o tenso e atormentava-o, jogando-o de um lado para o outro. Pegava as coisas e largava, até que os braços lhe doíam e ele voltava ao seu cavalete de madeira e continuava a pintar. Pintou mais profundas ainda as rugas através das fendas de seu retrato, aumentou o templo de sua vida, exprimiu poderosamente a eternidade de todas as existências, tornou cada vez mais alto o lamento de sua transitoriedade, deu traços mais doces ao seu retrato, mais desdenhosamente zombou de sua condenação ao declínio. Levantou-se então como um animal caçado e fez a sua ronda de prisioneiro através de suas salas. A alegria empolgou-o, juntamente com a profunda euforia da criação, como uma chuva agradável, até que a dor arremessou-o ao chão e esmagou-lhe no rosto os fragmentos de sua vida e de sua arte. Rezou diante do seu quadro e cuspiu nele. Estava louco, como todo criador é louco. Mas com a infalível prudência de um sonâmbulo, fez na loucura da criação tudo o que era preciso para fazer prosseguir a sua obra. Sentia com profunda fé que naquela luta cruel com o seu autorretrato estava em jogo alguma coisa mais que o destino e o julgamento final de um indivíduo, mas que fazia alguma coisa humana, universal e necessária. Sentia com uma fé profunda que estava mais uma vez diante de uma missão, de um destino e que toda a precedente ansiedade e todos os seus esforços para fugir e todo o tumulto e frenesi tinham sido apenas temor da tarefa e uma tentativa de livrar-se dela. Agora, não havia mais nem medo, nem fuga. Não havia outro caminho senão avançar, acutilar e ferir, para a vitória ou para a derrota. Conquistou e foi derrotado, sofreu, riu, abriu caminho, matou e morreu, deu nascimento e nasceu.

Um pintor francês fez-lhe uma visita. A caseira levou o visitante para a antecâmara, a desordem e a sujeira reinavam numa sala repleta. Klingsor saiu do atelier, com as mangas sujas de tinta, com o rosto cheio de tinta, grisalho e com barba por fazer. Atravessou a sala em passos largos. O estrangeiro trazia-lhe lembranças de Paris e Genebra e exprimiu o seu profundo respeito. Klingsor andava de um lado para outro, parecendo que não estava escutando. Confuso, o hóspede ficou em silêncio e levantou-se para sair. Klingsor aproximou-se então dele, pôs as mãos sujas de tinta nos seus ombros, olhou-o bem nos olhos e disse lentamente e com esforço:

— Obrigado, caro amigo. Estou trabalhando, não posso conversar. As pessoas sempre falam demais. Não se zangue comigo e dê lembranças aos meus amigos. Diga que eu os adoro.

E desapareceu de novo em outra sala.

Ao fim daquele dia atormentado, levou o quadro terminado para a cozinha vazia que não era utilizada e passou a chave na porta. Nunca o mostrou. Tomou então Veronal e dormiu todo o dia seguinte e toda a noite. Depois, lavou-se, fez a barba, vestiu roupas limpas, foi de carro para a cidade e comprou frutas e cigarros para dar a Gina.

Este livro foi composto na tipografia Palatino
LT Std, em corpo 11,5/16,5, e impresso em
papel off-white no Sistema Cameron da
Divisão Gráfica da Distribuidora Record.